深夜食堂

シンヤショクドウ

6

安倍夜郎

街
NG

菜單

深夜2時

第72夜◎五花肉番茄卷

五花肉番茄卷十串。
啊，宇野先生剛才沒碰到手塚嗎？
誰？
就是以前你常帶來的新人漫畫家。
啊，手塚修！
是啊，好像明天要回老家，他這次真的放棄畫漫畫了。
這樣啊……
……
……

啊，老闆，介紹一下。這位是橋本渡。剛獲得我們出版社的新人漫畫大獎，是備受矚目的新人喔！
這樣啊，恭喜，要加油喔！
好的。
小番茄用五花肉包起來做成串燒，是店裡很受歡迎的一道菜。
大概十年前吧……手塚獎獲得新人獎後，我開始當他的編輯。
但他在我們出版社紅不起來，好像在英談社也出了幾本……原來放棄畫漫畫了啊！
……

他父親是手塚治虫老師的粉絲，所以給兒子取名叫修[1]。
但還真只有名字像樣。他的處女作叫《山藥麥飯》，講一個吃了山藥麥飯就會充滿神力的少年。
好了，先來五串。
老闆，手塚常來嗎？
大概三個月來一次吧，每次都點這個。
十年前——
我開動了。
好吃～
你喜歡啊？
對啊，番茄烤過會變甜呢！

1.「治虫」和「修」的日文發音相同，為オサム（osamu）。

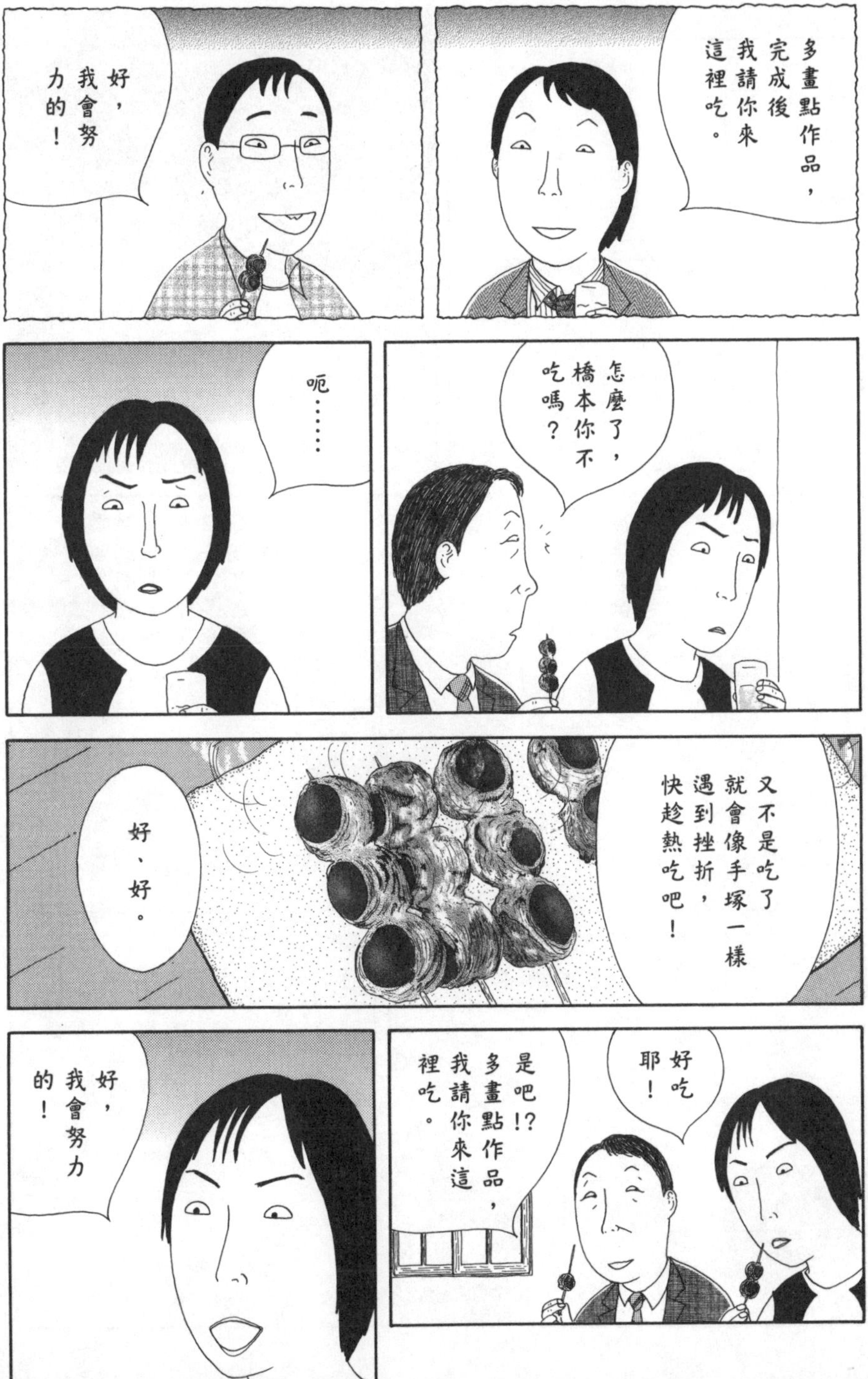
多畫點作品，完成後我請你來這裡吃。
好，我會努力的！
怎麼了，橋本你不吃嗎？
呃……
又不是吃了就會像手塚一樣遇到挫折，快趁熱吃吧！
好、好。
好吃耶！
是吧!?多畫點作品，我請你來這裡吃。
好，我會努力的！

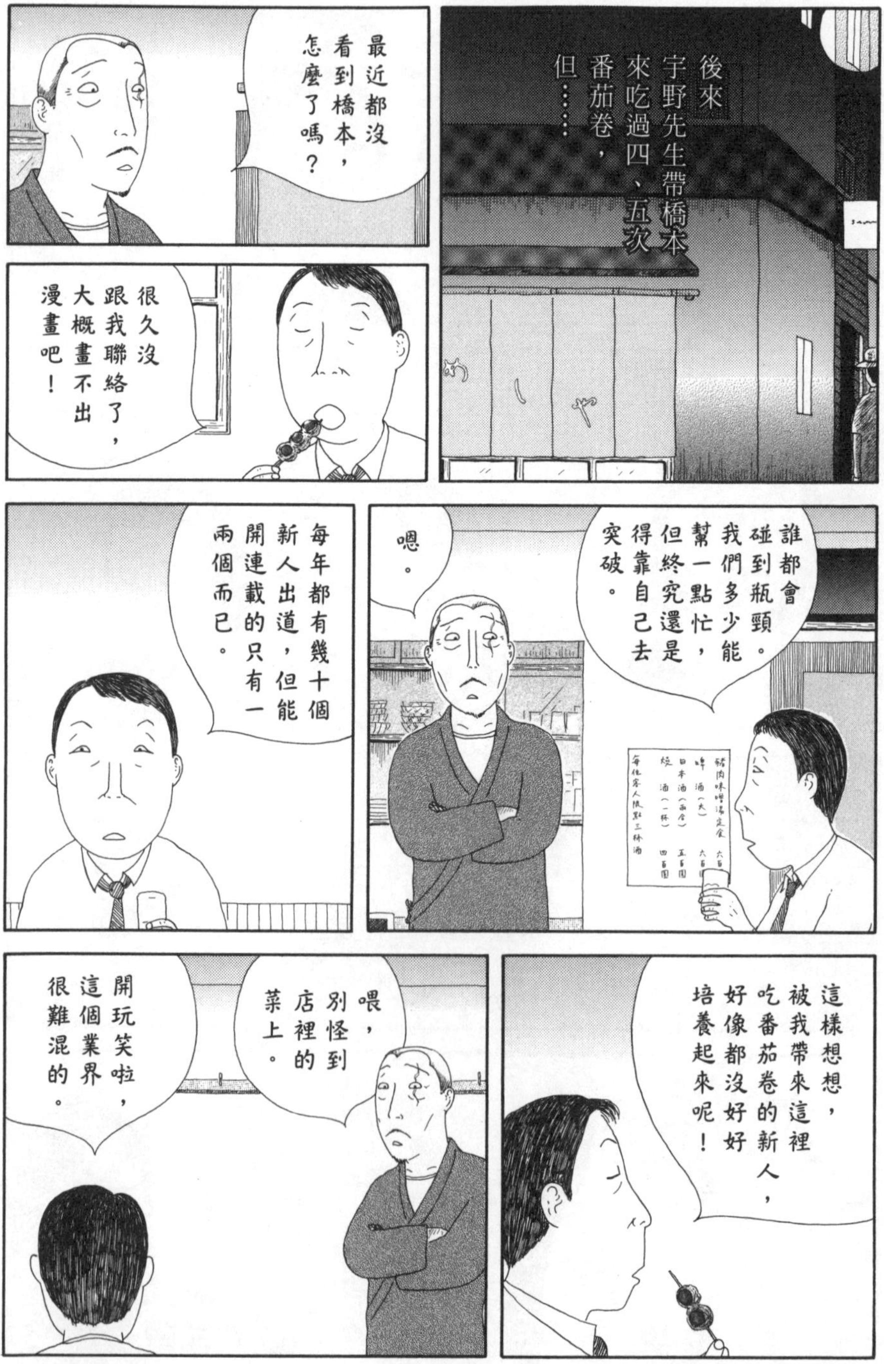
後來宇野先生帶橋本來吃過四、五次番茄卷，但……
最近都沒看到橋本，怎麼了嗎？
很久沒跟我聯絡了，大概畫不出漫畫吧！
誰都會碰到瓶頸。我們多少能幫一點忙，但終究還是得靠自己去突破。
嗯。
每年都有幾十個新人出道，但能開連載的只有一兩個而已。
這樣想想，被我帶來這裡吃番茄卷的新人，好像都沒好好培養起來呢！
喂，別怪到店裡的菜上。
開玩笑啦，這個業界很難混的。

兩年後——
請給我五花肉番茄卷。
橋本？
……我打算放棄畫漫畫了……
宇野先生第一次帶我來這裡的時候，聽到有人放棄畫漫畫回鄉下的事。
是手塚吧……
嗯……那時我覺得自己絕不會和他一樣……

喀
啦
五花肉番茄卷十串！
！
老闆，好久不見，我是手塚。
手塚！
介紹一下，這是我的合作伙伴彌生小姐，現在我跟她一起畫漫畫。
初次見面，我是彌生。
手塚回老家種田，在當地的社團認識了興趣相投的彌生小姐，兩人便開始合作畫漫畫，這次好像已經決定要在雜誌上連載了。

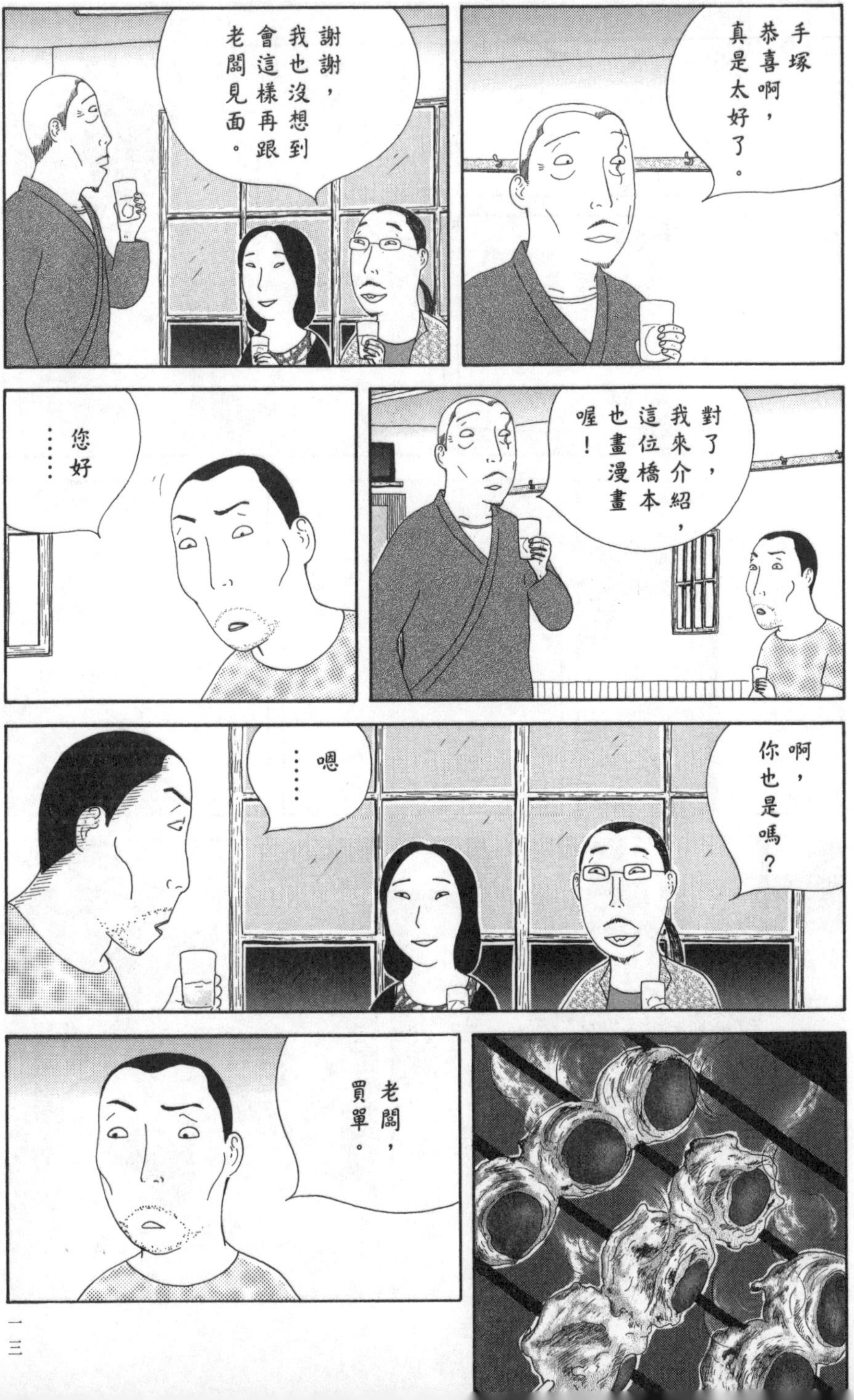
手塚恭喜啊，真是太好了。
謝謝，我也沒想到會這樣再跟老闆見面。
對了，我來介紹，這位橋本也畫漫畫喔！
您好……
啊，你也是嗎？
嗯……
老闆，買單。

先走了。
如果太辛苦，就試著先停筆一陣子也無妨。
!?
我明白，你就跟多年前的我一樣……
……
……
找到想畫的東西再開始畫就好了。
真的很謝謝你……
橋本啊，
要畫出好漫畫來喔！
SNACK
ブルー
H2O

第73夜◎麥茶
早上五點半左右，我打開門的瞬間嚇了一大跳。有個男人從門口飛快地倒著走過。
……
男人面無表情地面向這裡倒退著離去。
我遇過他兩三次……
噠
噠
噠
噠

最近我連做夢都夢到呢，那到底是在幹嘛啊？
我也看過一次。一個飛快倒著走的人是吧？
哈哈哈，我認識他，他是我小時候的朋友。
咦!?
他之前都在關西，最近調回總公司，就回來了。
喔～
你有碰到他的話，幫我問他為什麼要倒著走。
下次我帶他來吧，但他有點怪癖就是了。

一星期後——
めし
老闆，給我啤酒。後藤不會喝酒，給他麥茶吧！
好。後藤先生，我們早上常碰面呢！
是啊！
他說倒著走對腰比較好。
喔～
但還真是不會撞到呢！
習慣了，我一直都過得很消極²。
乾杯！

2. 日文「往後、倒退」也有「消極」之意。

麥茶能加點砂糖嗎？
咦!?
呃……
怎麼啦？
麥茶不是都要加砂糖嗎？
是嗎？我第一次聽說……
喂，麥茶都要加砂糖吧！
是嗎？……啊，小時候常常加呢！
是吧，一般都會加啊！
我不知道一般加不加，但你喜歡加多少就加多少吧！

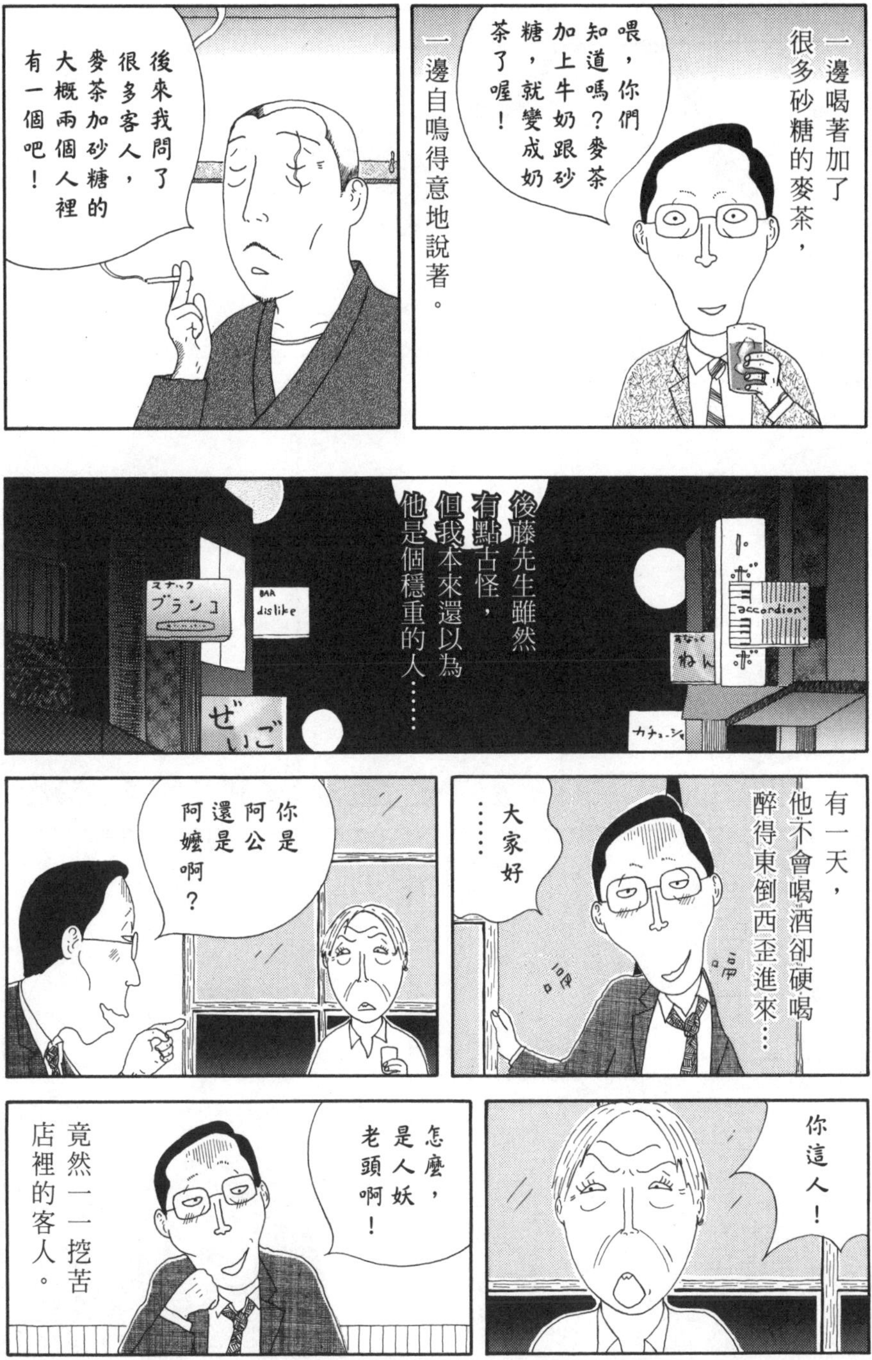
一邊喝著加了很多砂糖的麥茶，
喂，你們知道嗎？麥茶加上牛奶跟砂糖，就變成奶茶了喔！
一邊自鳴得意地說著。
後來我問了很多客人，麥茶加砂糖的大概兩個人裡有一個吧！
後藤先生雖然有點古怪，但我本來還以為他是個穩重的人……
ブランコ
BAR dislike
accordion
有一天，他不會喝酒卻硬喝醉得東倒西歪進來……
大家好……
你是阿公還是阿嬤啊？
你這人！
怎麼，是人妖老頭啊！
竟然一一挖苦店裡的客人。

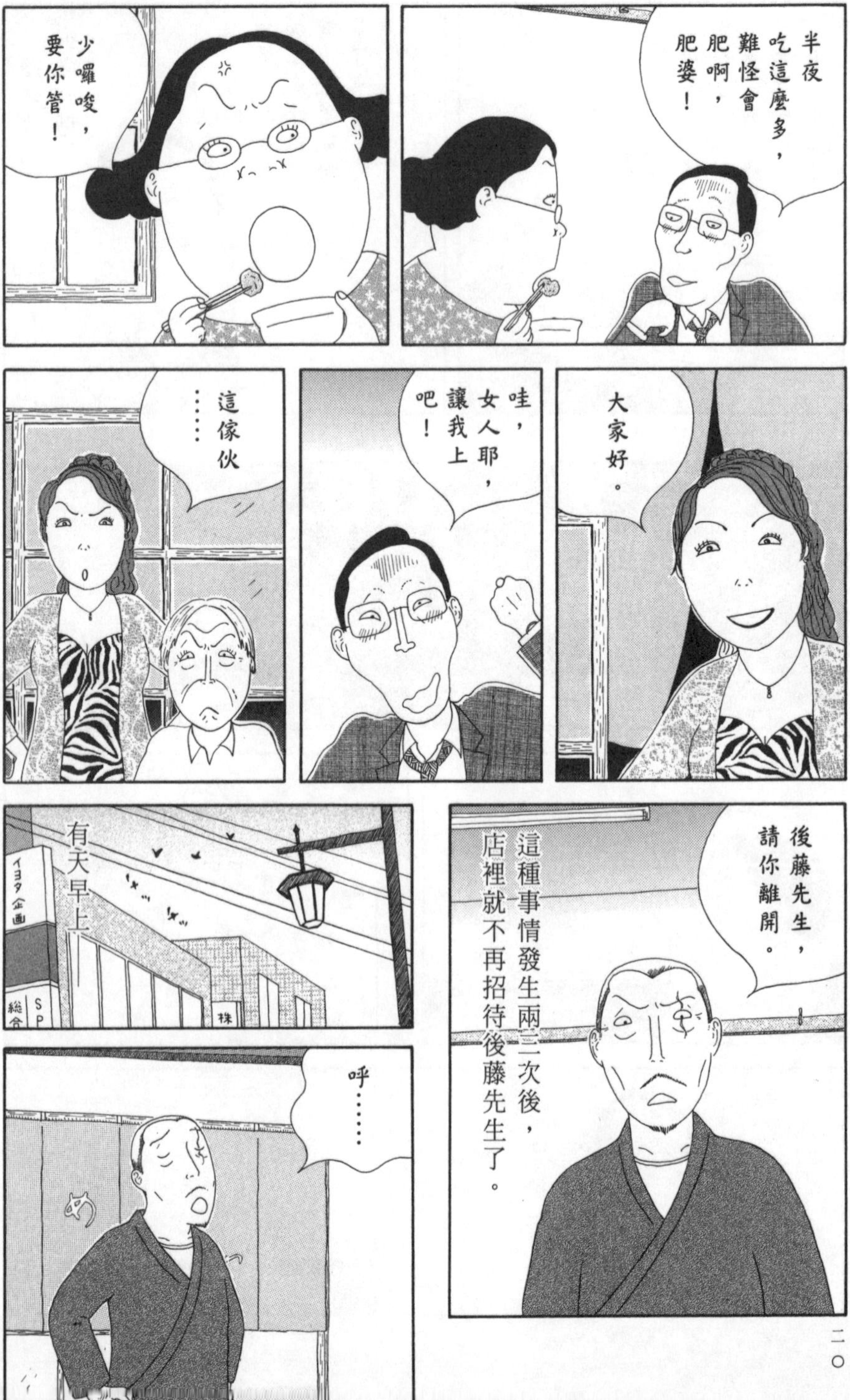
半夜吃這麼多，難怪會肥啊，肥婆！
少囉唆，要你管！
大家好。
哇，女人耶，讓我上吧！
這傢伙……
後藤先生，請你離開。
這種事情發生兩三次後，店裡就不再招待後藤先生了。
有天早上
イヨタ企画
総合
SP
株
呼……

！
果然很快呢！
年紀有差啊！
被我誇了一句之後，後藤先生走得更快了……
噠
噠
噠
噠
噠
砰咚
啊……

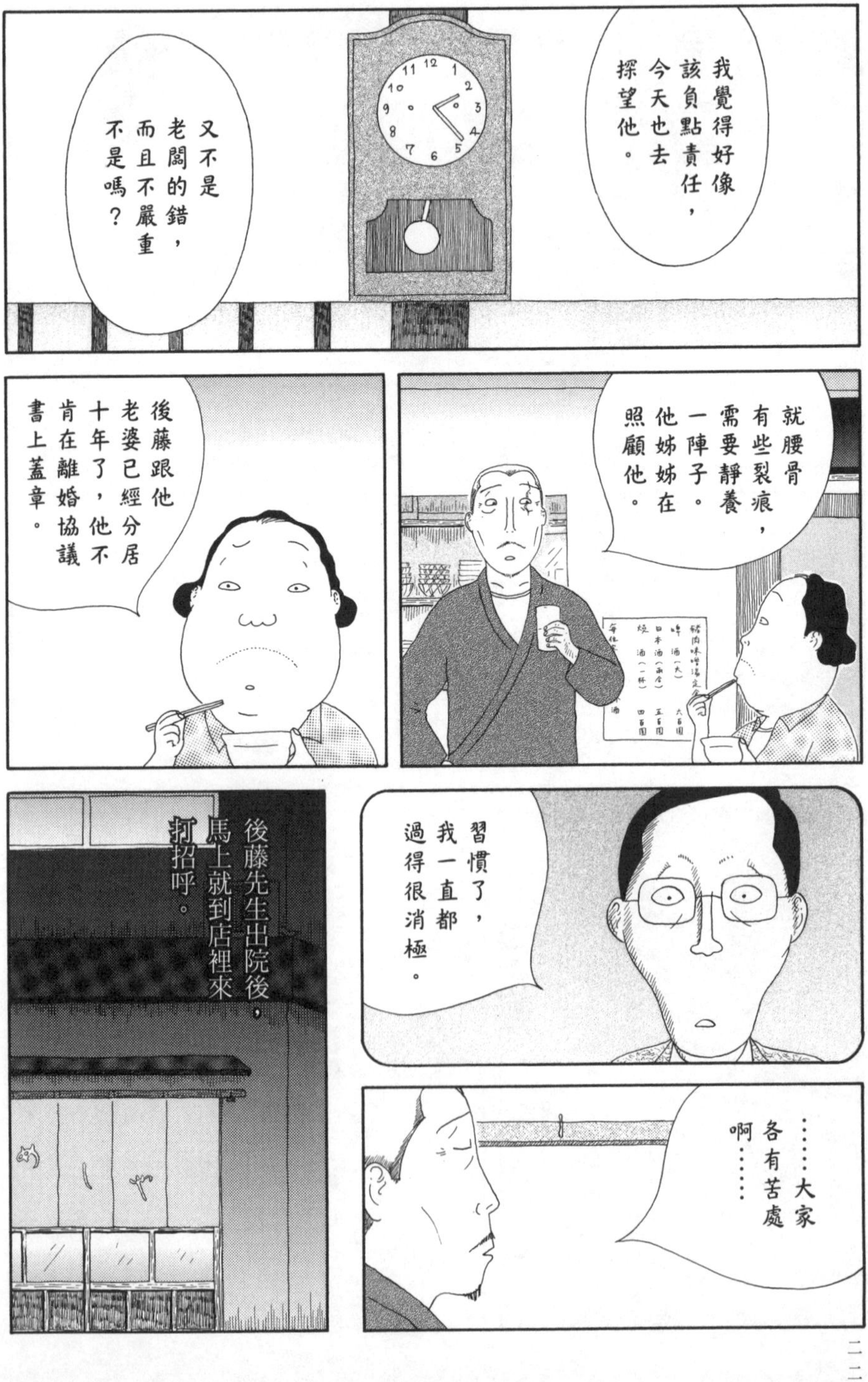
我覺得好像該負點責任，今天也去探望他。
又不是老闆的錯，而且不嚴重不是嗎？
就腰骨有些裂痕，需要靜養一陣子。他姊姊在照顧他。
後藤跟他老婆已經分居十年了，他不肯在離婚協議書上蓋章。
習慣了，我一直都過得很消極。
後藤先生出院後，馬上就到店裡來打招呼。
……大家各有苦處啊……

謝謝你送麥茶來。
我也想不出別的嘛！
第二天我女兒來看我。五年沒見了……她也帶了甜麥茶來，她還記得呢！
女兒說希望我參加她的結婚典禮，
還叫我早點跟媽媽離婚……
後藤先生，不要再倒著走了吧？
……
……
當天去大阪參加女兒的婚禮回來後，後藤先生好像約了阿北去唱KTV。
カラオケ
カプセル・ホテル

就算分手～也愛妳～～[3]
〈就算分手也愛妳〉據說唱了十次……
めしや
好像是交了離婚協議書才去參加婚禮的。
……
靖子啊……
男人還真是提不起放不下呢！從那時算起也過一年了呀……
老闆，再來一杯麥茶。
後藤先生現在還戴著結婚戒指。

3.〈就算分手也愛妳〉作詞作曲：佐佐木勉。

第74夜◎小黃瓜
スナック
たちばな
亭
JAZZ
papa
BAR
巴里
BAR
週六晚上志村先生總是一身牛仔裝扮出現。
雖然戴著牛仔帽，也無法像電影《龍爭虎鬥》裡的寇克・道格拉斯一樣能灌威士忌。
他總是在對水的燒酒裡加小黃瓜絲喝。
這樣沒有怪味，喝起來比較順。
據說是這樣。

喀啦
一杯冷酒。
歡迎光臨。
！
來，請喝這個。
咦，這什麼？
男人雖然多，但要遇到剛剛好合適的，還真難啊！
小綾在參加最近很流行的團體相親，似乎不太順利。

這位請的。
啊，謝了。
小姐，俺可以跟妳交往喔！
!?
不好意思，還是算了吧！我對牛仔沒興趣。
……真是太可惜了。
但那杯真的不錯喝，試試看吧！老闆，我把錢放在這裡。
希望妳早點遇到剛剛好的男人囉！
掰啦～

他什麼人啊！
午夜牛仔。不知道在做哪一行，但週六晚上都是那個樣子。
有夠蠢的。
接下來的星期六
SNACK
Dabada
スナック
1/4
BAR
ともみ
百々
呼……
喲，找到剛剛好的男人了嗎？
哼。
俺可以跟妳交往喔！
不用了！

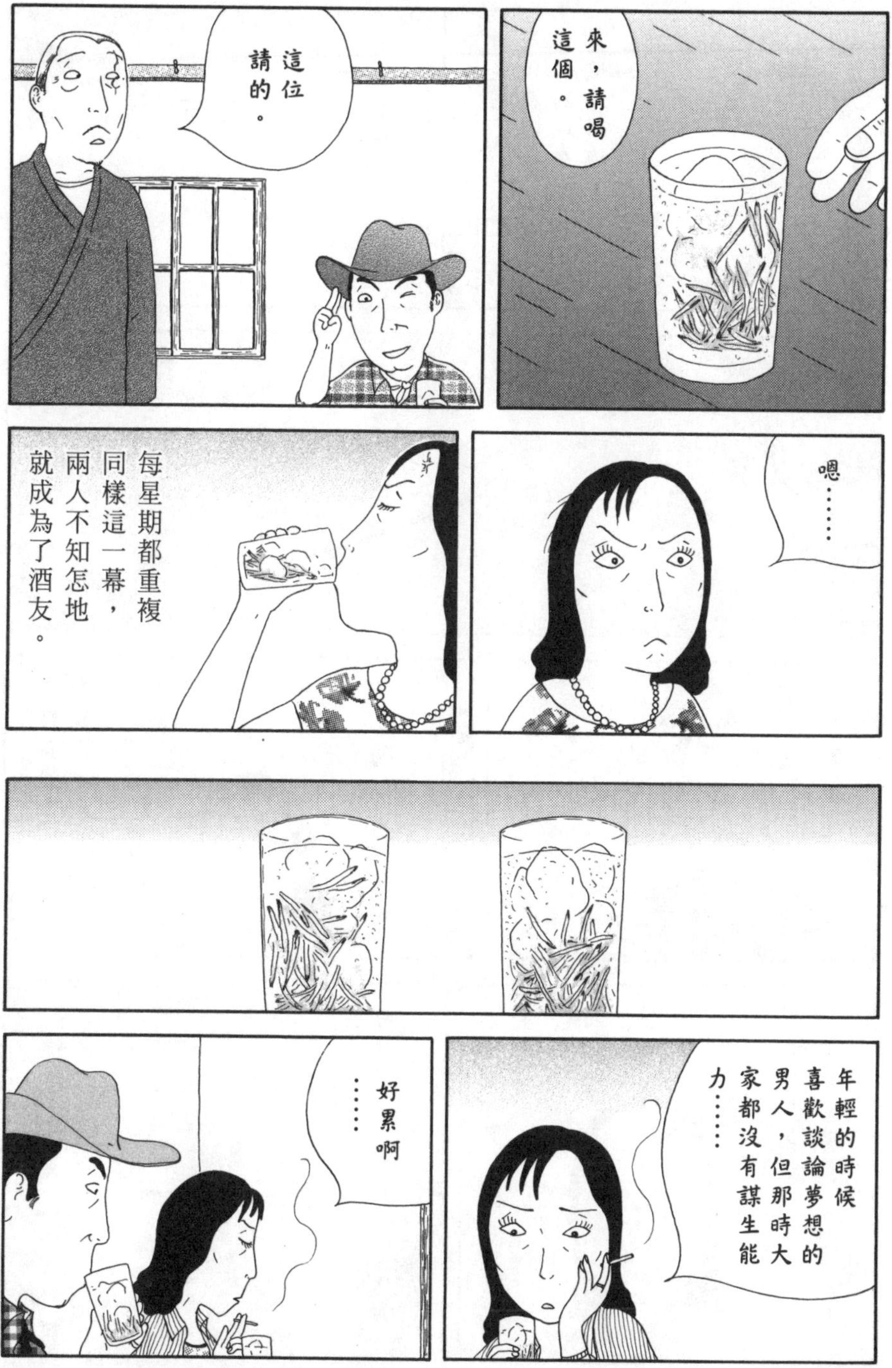

來，請喝這個。
這位請的。
嗯……
每星期都重複同樣這一幕，兩人不知怎地就成為了酒友。
年輕的時候喜歡談論夢想的男人，但那時大家都沒有謀生能力……
好累啊……

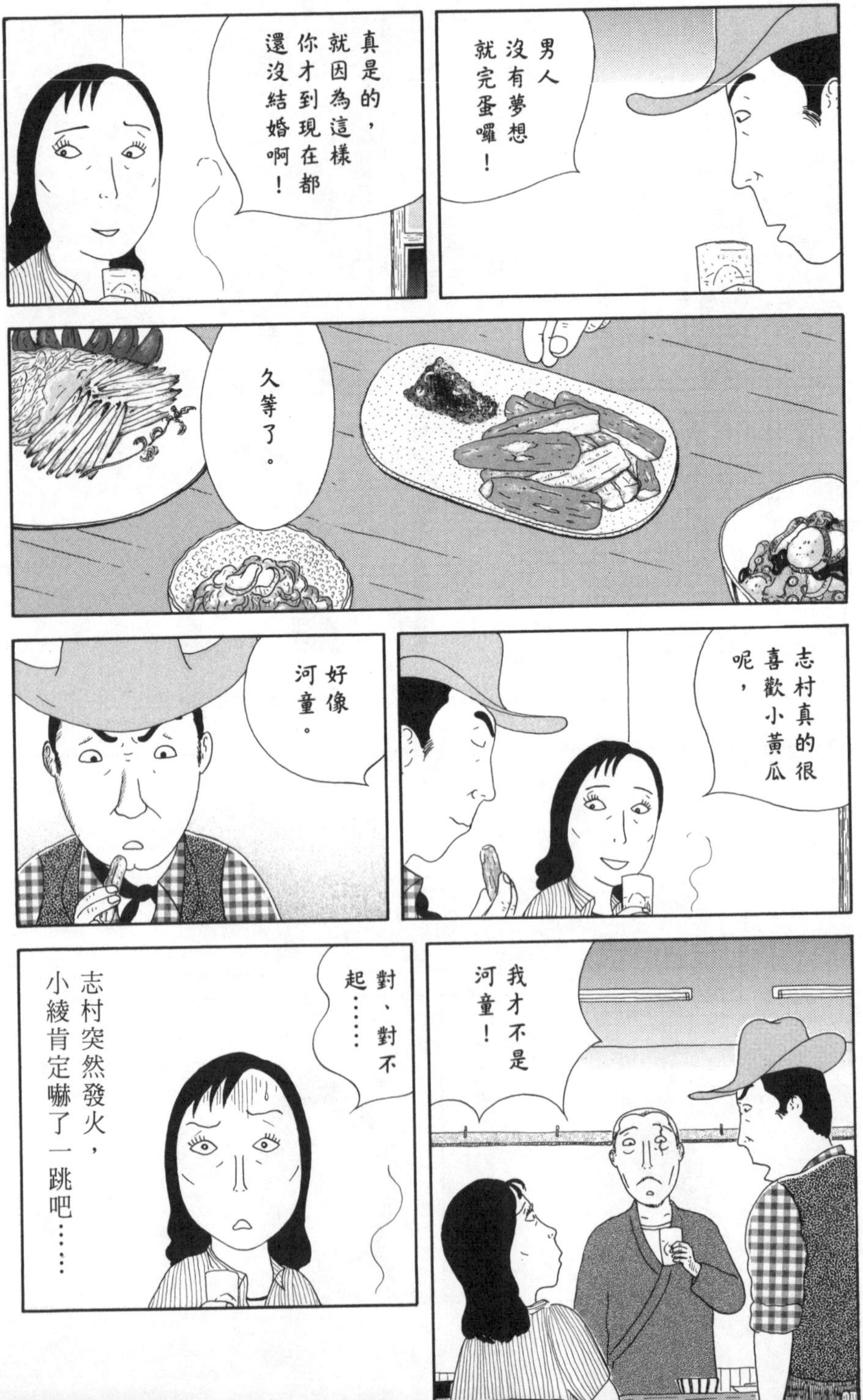
男人沒有夢想就完蛋囉！
真是的，就因為這樣你才到現在都還沒結婚啊！
久等了。
志村真的很喜歡小黃瓜呢，
好像河童。
我才不是河童！
對、對不起……
志村突然發火，小綾肯定嚇了一跳吧……

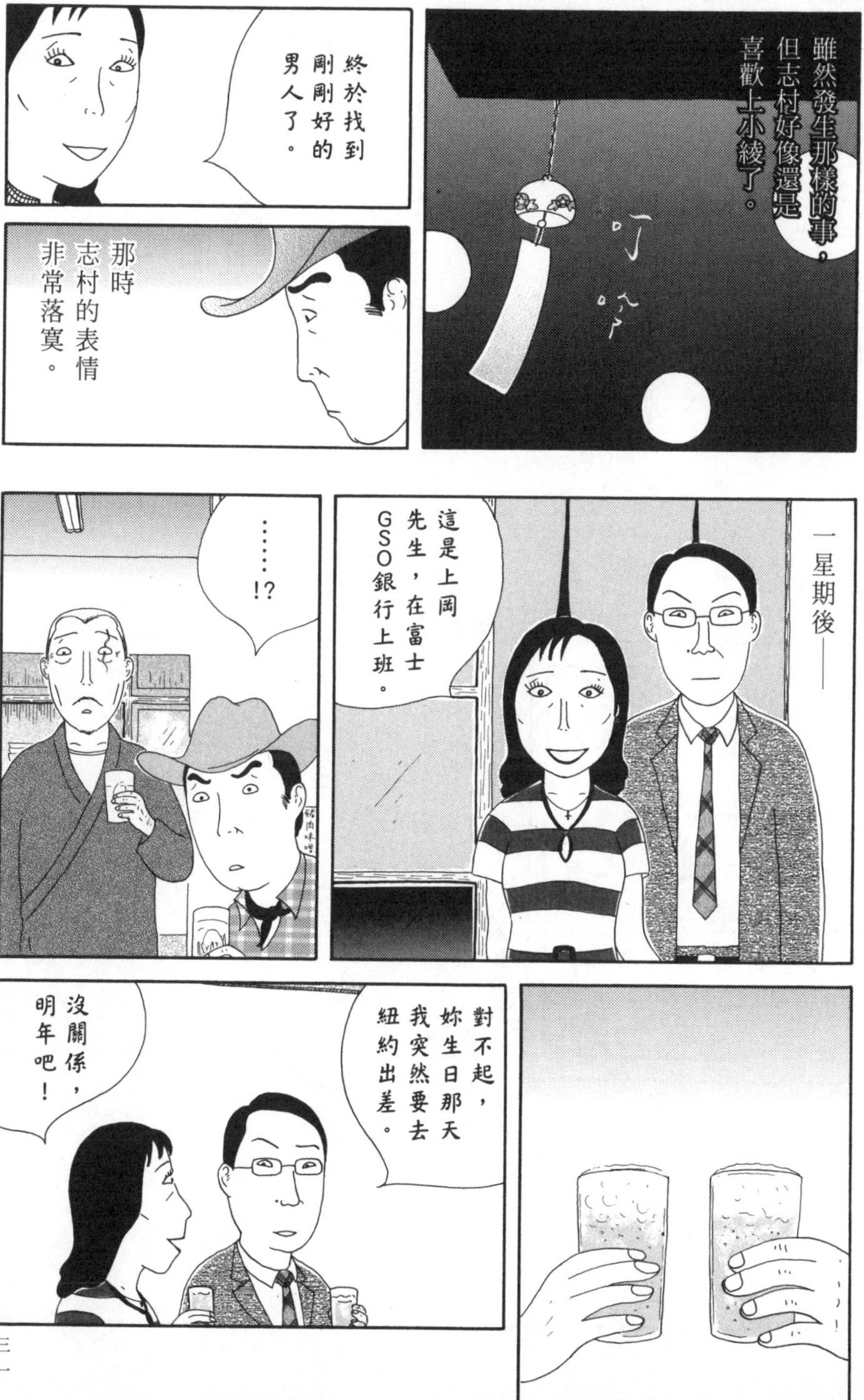
雖然發生那樣的事，
但志村好像還是
喜歡上小綾了。
終於找到剛剛好的男人了。
那時志村的表情非常落寞。
一星期後——
這是上岡先生，在富士GSO銀行上班。
……!?
對不起，妳生日那天我突然要去紐約出差。
沒關係，明年吧！

……上岡、上岡……
對方說非要我去不可。
造信先生真是太厲害了。
上岡造信……
啊！
上岡先生，說謊不太好吧？
四個月前你的確在富士GSO銀行上班。但現在……
你、你說什麼……!?

記得我吧？
啊！
河童!?

失業保險金申請資格
號 姓 名
4 上岡造信
給 付 方
2129040-51
就業輔導處的……
太恐怖了，竟然是騙人的……
きらり
運命
BAR 2CHOME
スナック ケーコ
哎，就沒有剛剛好的男人嗎……
……
……
是嗎？可能就在附近喔！

第75夜◎薑燒豬肉定食
說到薑燒豬肉，大家的喜好都不一樣。有人喜歡碎肉，有人喜歡肉片，也有人是不做成豬排的厚度就不想吃的……
所以如果有人點薑燒豬肉，我都會先問喜歡怎樣的。
薑燒豬肉定食！
小花喜歡碎肉。

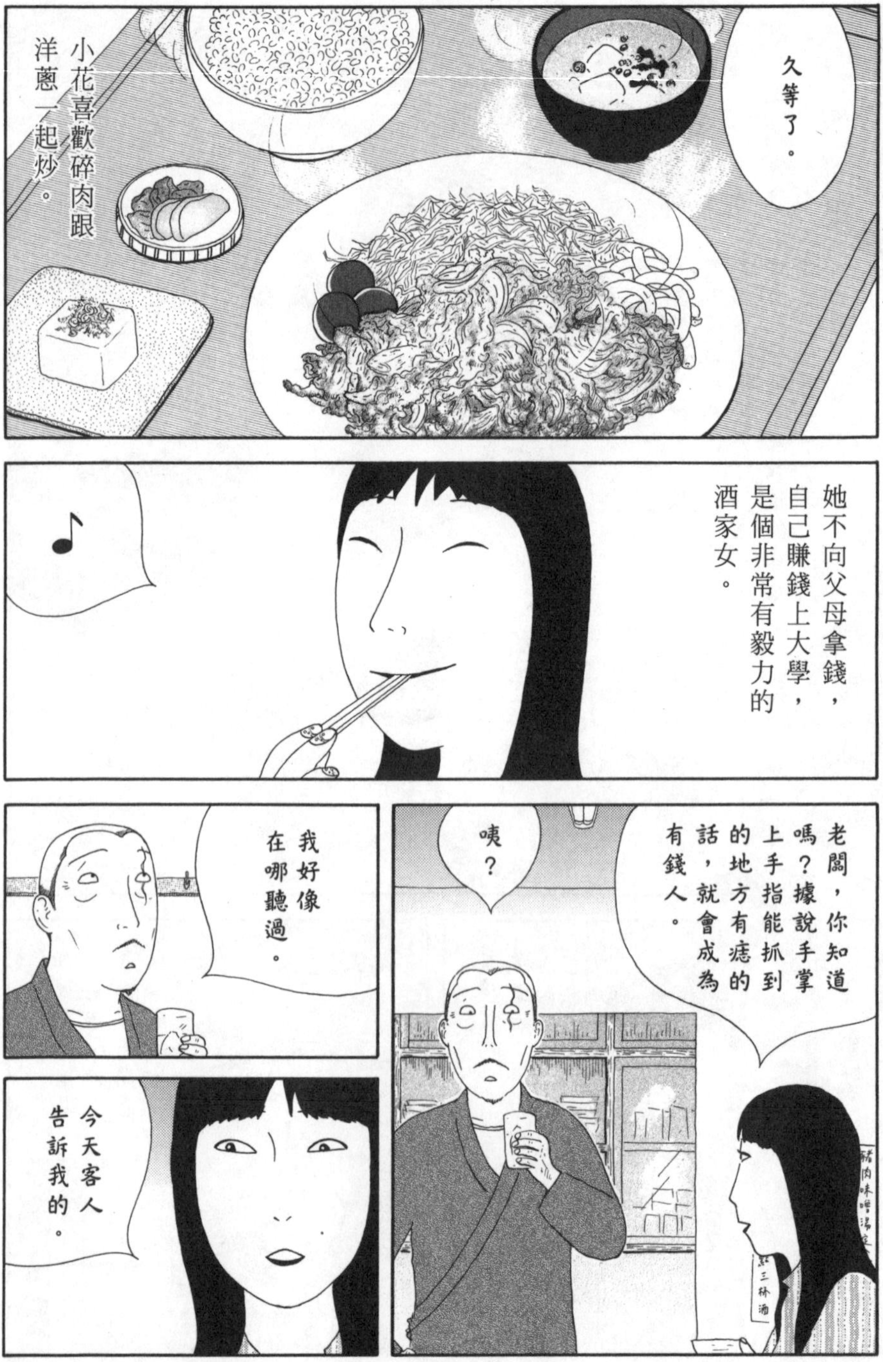
久等了。
小花喜歡碎肉跟洋蔥一起炒。
她不向父母拿錢，自己賺錢上大學，是個非常有毅力的酒家女。
♪
老闆，你知道嗎？據說手掌上手指能抓到的地方有痣的話，就會成為有錢人。
咦？
我好像在哪聽過。
今天客人告訴我的。

你看。
喔！
但是抓不到呢……
小時候還抓得到，父母離婚後就抓不到了。
嗯。
……這孩子也吃了不少苦啊……
小學放暑假時，我去喜歡的男生家裡，一起做暑假作業。

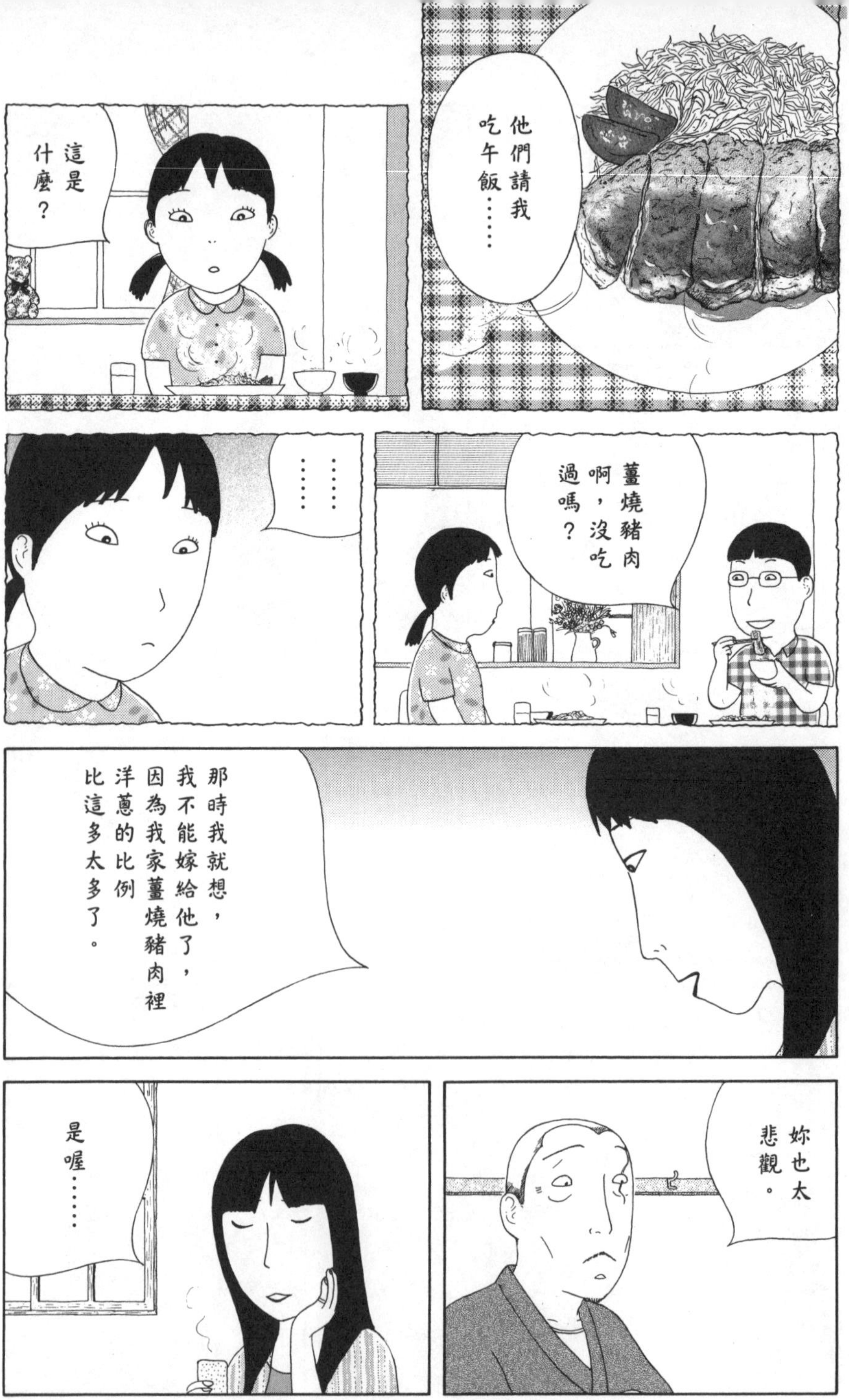
他們請我吃午飯……
這是什麼？
薑燒豬肉啊，沒吃過嗎？
……
那時我就想，我不能嫁給他了，因為我家薑燒豬肉裡洋蔥的比例比這多太多了。
妳也太悲觀。
是喔……

初春的時候——
SNACK
喀啦
大家好。
小花，怎麼啦!?
我被錄取了！
為了慶祝，我用上等的肉做薑燒豬肉請她吃。
如何？
肉好好吃。
但這樣就不像薑燒豬肉了⋯⋯

果然還是平常吃慣的比較好。
嗯……
十天後——
めし
老闆，兩份薑燒豬肉定食。
這位朋友的豬肉要怎樣的？
跟我一樣就好。我們在酒店裡聊到薑燒豬肉，他一直吵著要我帶他來。
對吧，阿鋒。
嗯。

就是這個！學生時代一盤可以配三碗飯。
薑燒豬肉就是要這種。
沒——錯！那種用厚肉做的絕對不是薑燒豬肉！
啪
啪
啪
贊成阿鉢！
梅雨季開始了——
小花怎麼無精打采？

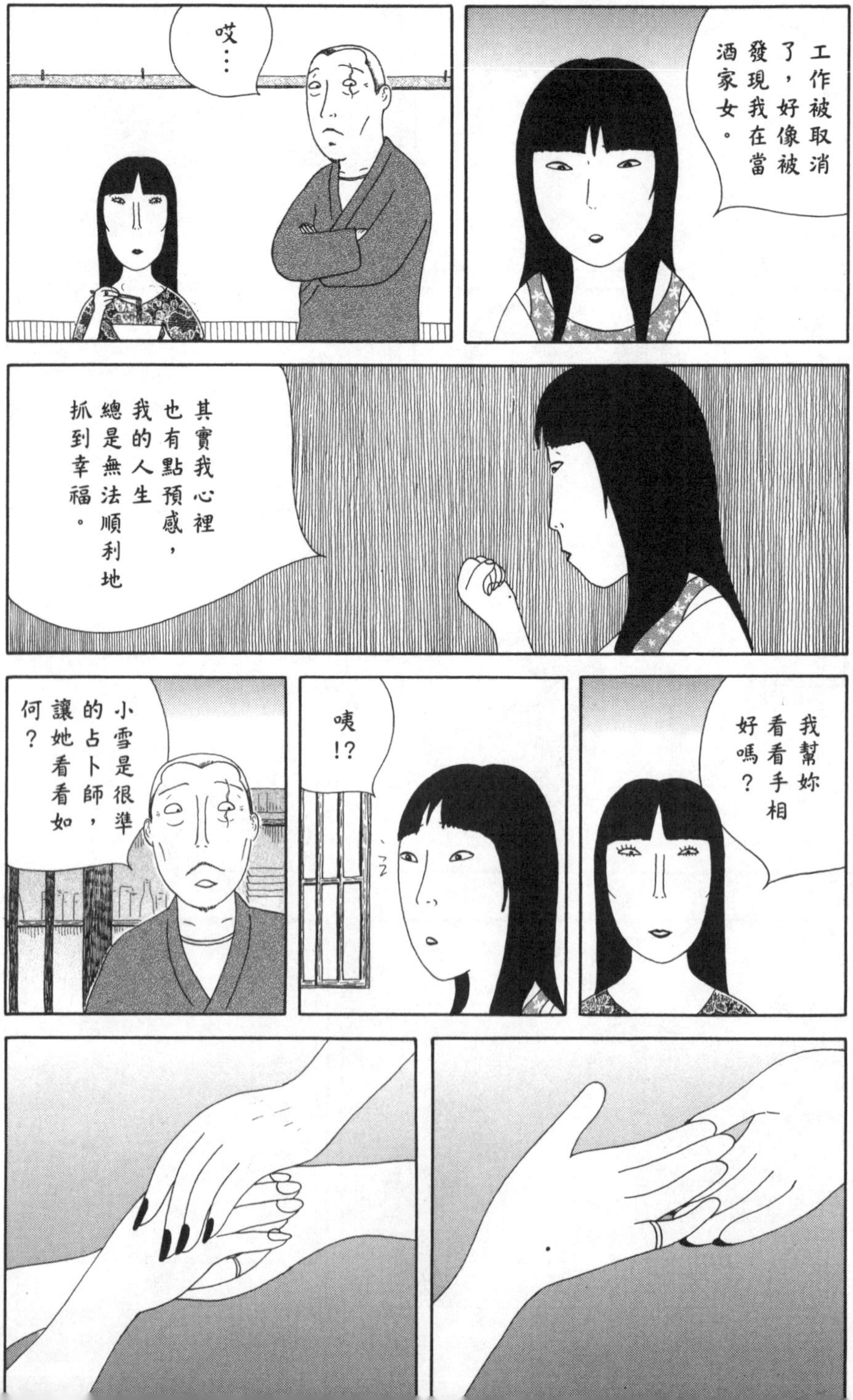
工作被取消了，好像被發現我在當酒家女。
哎⋯⋯
其實我心裡也有點預感，我的人生總是無法順利地抓到幸福。
我幫妳看看手相好嗎？
咦!?
小雪是很準的占卜師，讓她看看如何？

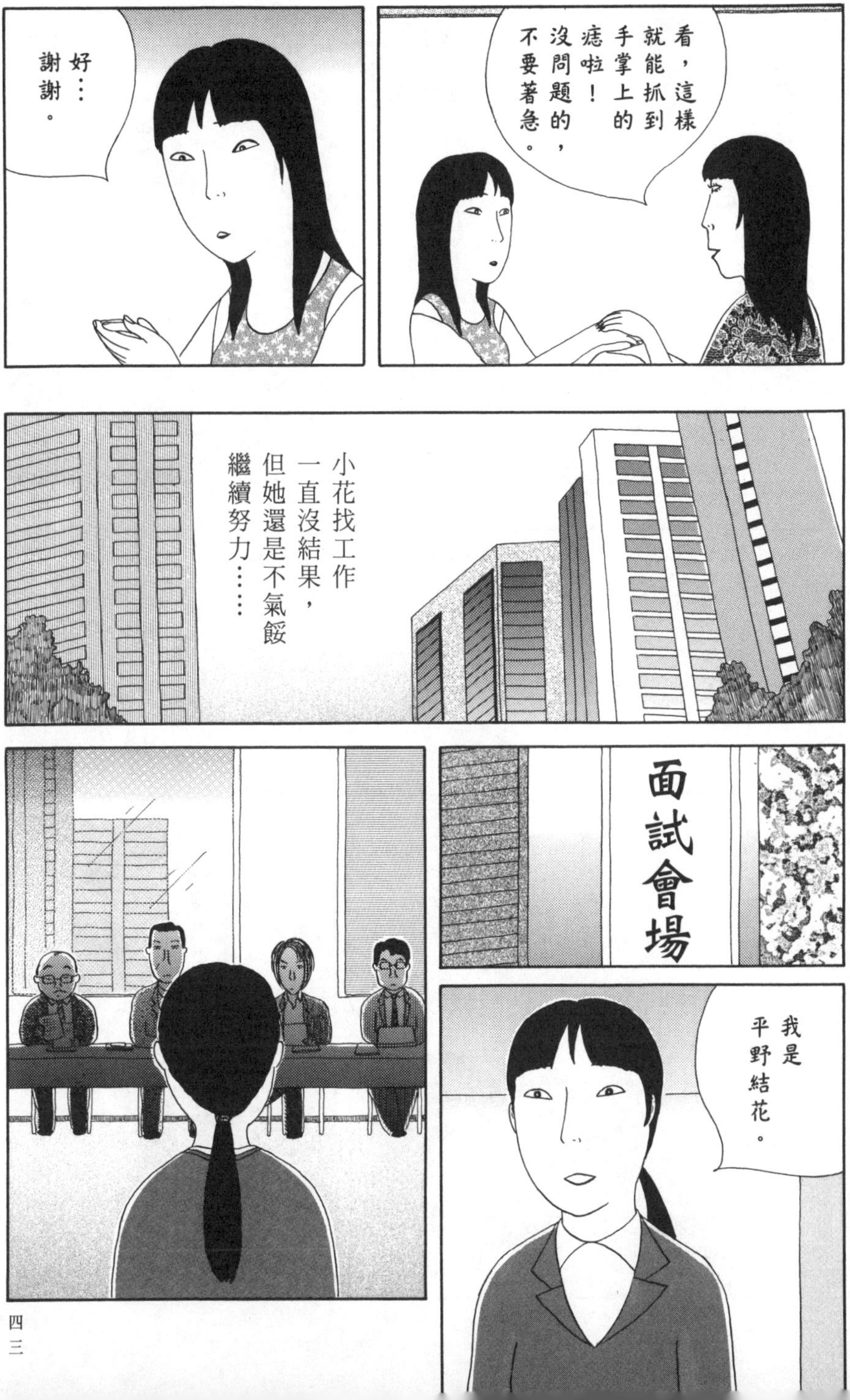
看，這樣就能抓到手掌上的痣啦！沒問題的，不要著急。
好⋯⋯謝謝。
小花找工作一直沒結果，但她還是不氣餒繼續努力⋯⋯
面試會場
我是平野結花。

！
阿鉾!?
原來鉾田先生去喝酒從來沒有表明過身份，小花也沒和他提過在找工作，兩人都大吃一驚呢！
薑燒豬肉果然還是要這種。
員工餐廳的肉好過頭了。
小花經由鉾田先生介紹，現在在關係企業上班了。

第76夜◎脆脆冰棒

盛夏的時候
人妖阿順
帶來店裡的朋友
一開口就說——
豬肉味噌湯定食 六百圓
啤酒（大） 六百圓
日本酒（兩合） 五百圓
燒酒（一杯） 四百圓
脆脆冰棒……
啊，對啊！

ガリガリ君
ソーダ
GariGarikun Soda
Ice Candy!
喀嗜
阿順看男人的眼光變啦？
不是啦，這是我高中學弟。
我是準之助學長田徑社的學弟大井優！
準之助!?
還是田徑社……

準之助學長可是接力賽的王牌喔！
別說了，丟臉死了啦！
喔～～
阿優在做宅急便的送貨員，偶然送貨到阿順那，兩人十幾年來第一次重逢。
準之助學長？
阿優!?
302 KOIKE
於是就約了今晚一起喝酒。
真懷念啊，練習結束後常常吃脆脆冰棒呢！
是啊！對了，你知道達也現在怎樣了嗎？

達也？他在區公所上班，已經有小孩了。你猜他老婆是誰？
誰？
濱田綠，以前田徑社經理……
濱田綠!?
就在這時，阿順的男朋友吉田來了。
大家好。
歡迎光臨。
！

經過阿順介紹後，
三人一起喝酒，
但不知怎地似乎有些尷尬。
後來
阿優偶爾
會來店裡。
めし
喀嗜
吃完喝完，一定要
再來根脆脆冰棒。
忘了說，
夏天的時候
像阿優這樣吃完飯
想吃冰棒的客人
還真不少，
所以店裡常備有
冰棒。
……老實說
我嚇了一大跳。
準之助學長
變成女人，
還有男朋友……

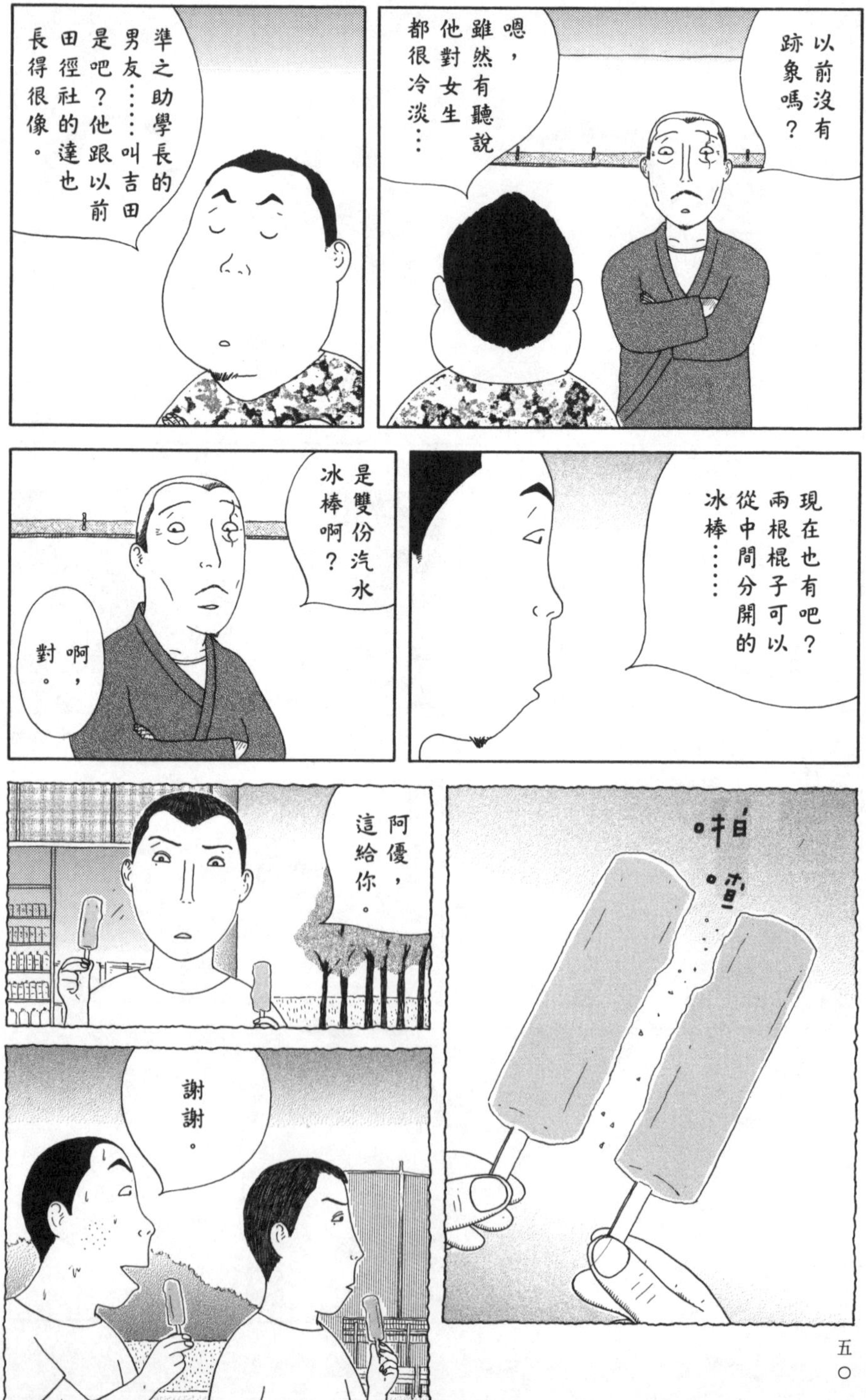
以前沒有跡象嗎？
嗯，雖然有聽說他對女生都很冷淡……
準之助學長的男友……叫吉田是吧？他跟以前田徑社的達也長得很像。
現在也有吧？兩根棍子可以從中間分開的冰棒……
是雙份汽水冰棒啊？
啊，對。
啪喳
阿優，這給你。
謝謝。

崇拜的學長把一半冰棒分給我，我真的好開心。但現在回想起來，準之助學長的視線總是看著達也……
那時達也——
也把雙份汽水冰棒一半分給女孩子，兩個人一起吃，就是他現在的老婆濱田綠。
濱田綠好像是被準之助學長甩了之後，才跟達也交往的。
真是讓人心動的故事啊……

雙份汽水冰棒其實是想跟達也一起吃的吧……後來準之助學長就都自己一個人吃脆脆冰棒了。
對了，阿優你覺得阿順怎樣？
咦，我嗎!?雖然我很崇拜準之助學長，但他是男的……
老、老闆，再給我一根脆脆冰棒。
不要吃太多冰比較好喔！
沒關係，我喉嚨好乾。
……
……
給你。
喀

準之助學長高中畢業後立刻加入了自衛隊。
阿順加入自衛隊!?
一年後我也加入了，但他已經離職了。後來又過了十三年，前陣子才終於再見到面。
嗯……
你喜歡阿順吧？
咦？不是，我、我是尊敬學長……
不，我……
啊，搞不清楚了啦！

喀啦
咦，阿優你在啊！
準之助學長～～
阿優跟阿順重逢後，好像慢慢發覺了真正的自己。
現在他透過阿順介紹，在新宿二丁目上班，花名叫做……
我是脆脆江，請多指教！

第77夜◎高湯
有高湯嗎？
碰到有人點這個，我都會問——
要日航的還是全日空的？
!?……啊，全日空的好了，就用紙杯裝吧！
沒錯，我們的高湯就是那種飛機上沖泡式的。

嘶
嘶
喀
啦
等很久了嗎？
我也剛到。
怎麼，是大木先生的朋友啊？
我同學，他調職到東京來。
我叫江藤。
你好。

來，馬鈴薯沙拉。
這家店真不錯，沒想到能喝到全日空的湯。
是吧，嘿嘿。
我還記得喔，你剛轉學過來的時候……
咦？
我最喜歡的食物是——
坐飛機時空姐送來的高湯。

高湯？
那是什麼啊？
不用錢的嗎？
坐飛機就有湯喝!?
大家都好驚訝。那時我身邊沒有一個人坐過飛機。
後來被大家欺負，說我從大都市來蹺什麼蹺……
我每次在飛機上喝湯時都會想起來呢！
你以前還說一定要跟空姐結婚。
別提了，不要取笑離過婚的男人。
我現在不常坐飛機了，但偶爾喝還真好喝啊！

但是現在都改叫空服員了，我還是堅持要叫空姐啦！
哈哈……果然還是喜歡嘛！
江藤先生要再來一杯嗎？
啊，好！
老闆，我也要。
江藤，你還記得寺西貴美子嗎？
!?
嗯，那個死用功的，我記得她是高中時轉校的吧……

你甩了貴美子吧？
咦？
不久之前我參加朋友的出版紀念趴，偶然碰到她。
大木同學！
貴美子和英國老公離婚後回國，現在在做翻譯。她變成好女人了呢！
喔……
貴美子結婚以前是空姐喔！
什麼！空姐!?
聽到空姐，江藤先生就異常激動起來，強迫大木先生答應幫他和那位女士約會。

二十……九年不見了，真不可思議。
真的……
兩人都離過婚，沒想到還挺合得來的。
喔～
めし

喀
啦
歡迎。
怎麼啦？
唉……
被甩了。
不是說挺順利的嗎？
嗯……我們週末一起去旅行。
那是怎麼了？
我帶了制服要她穿給我看。
制服？

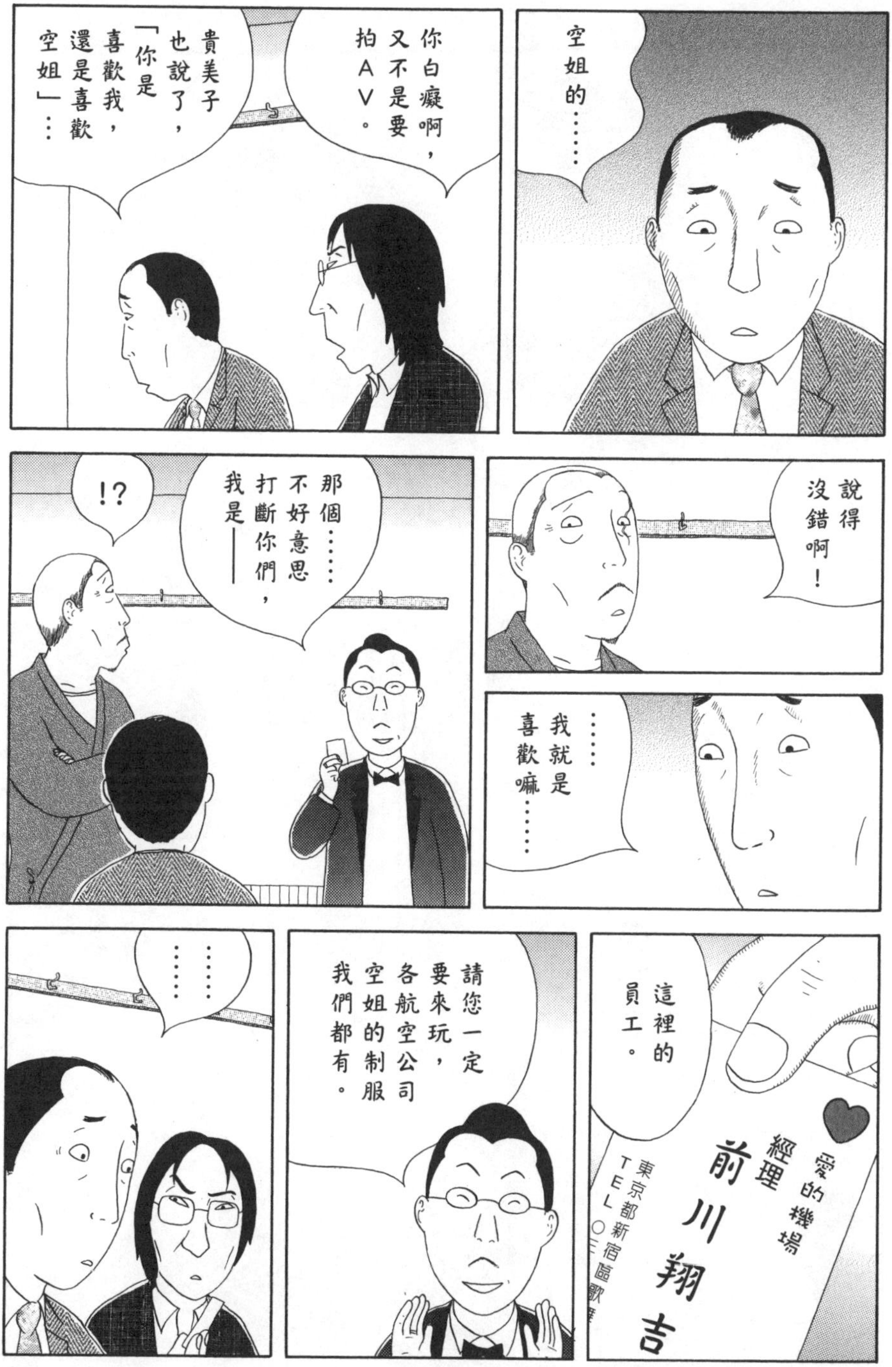
空姐的……
你白癡啊，又不是要拍ＡＶ。
貴美子也說了，「你是喜歡我，還是喜歡空姐」……
說得沒錯啊！
……我就是喜歡嘛……
那個……不好意思打斷你們，我是——
!?
這裡的員工。
愛的機場
經理
前川翔吉
東京都新宿區歌
TEL
請您一定要來玩，各航空公司空姐的制服我們都有。
……
……

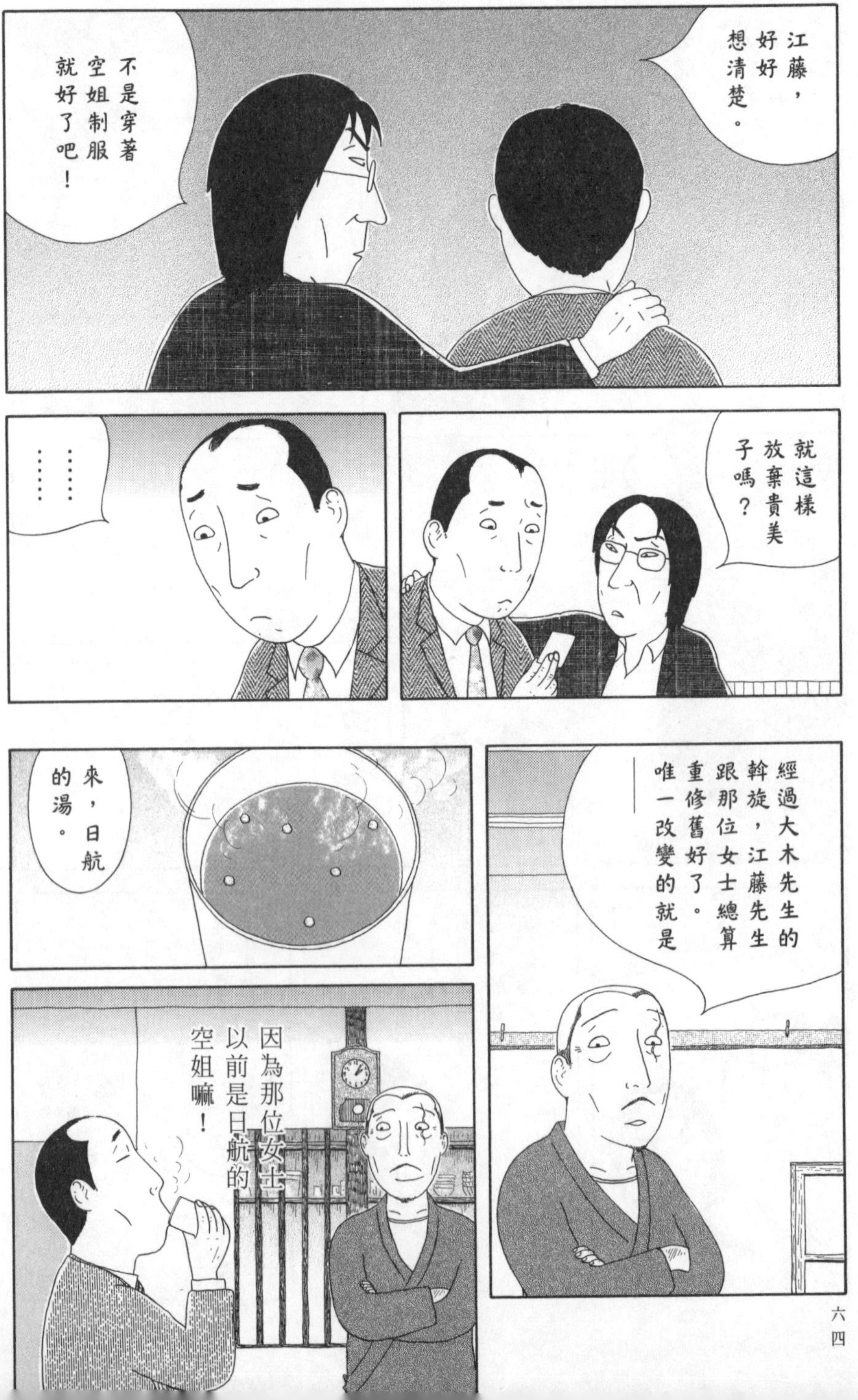
江藤，好好想清楚。
不是穿著空姐制服就好了吧！
就這樣放棄貴美子嗎？
……
經過大木先生的斡旋，江藤先生跟那位女士總算重修舊好了。唯一改變的就是
來，日航的湯。
因為那位女士以前是日航的空姐嘛！

第78夜◎新米
剛煮好的新米
你會怎麼吃？

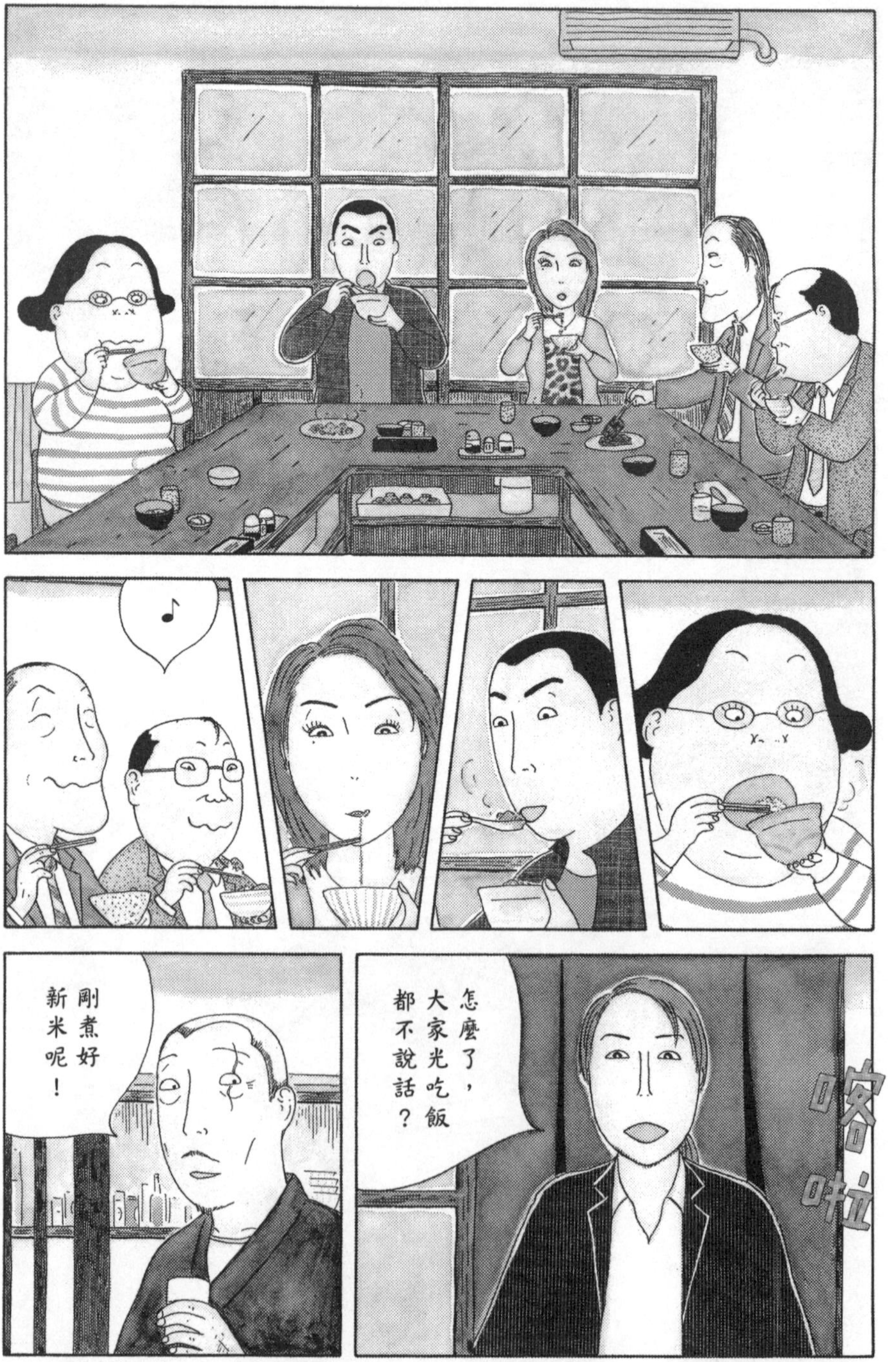
喀啦
怎麼了，大家光吃飯都不說話？
剛煮好新米呢！

喔～好像很好吃，我也要！
讓二是滿紅的牛郎……
要配什麼菜？
大阪燒。
!?
豬肉雞蛋的！
……
真是的，搞不懂關西人。
我開動啦！
這飯超好吃！

大家好。
歡迎，向井先生送的米大受好評呢！
這樣啊，我回家種田總算值得了。
咦，這個嗎？
是啊，今天的米是從向井先生的田裡收割來的。
喔……多謝招待。
真的好吃。
向井，謝謝你啊！
多謝招待。
大家這麼喜歡，我好高興。
真好吃。
謝謝你。

請問……您府上在哪裡？
山形。
山形啊……
來囉！
喔，就是這個！
嗯～～
那是什麼!?

涼拌菜，山形的地方菜。
是我強迫老闆做的。
隔壁老闆娘教我的呢，她是山形人。
涼拌菜是什麼？
其實是夏天的料理……
把茄子、小黃瓜、蘘荷、蔥、紫蘇、秋葵和海帶等等全部切碎，混在一起用醬油涼拌。
只要有這個，我幾碗飯都吃得下。
老闆，我也想吃！
我也要！

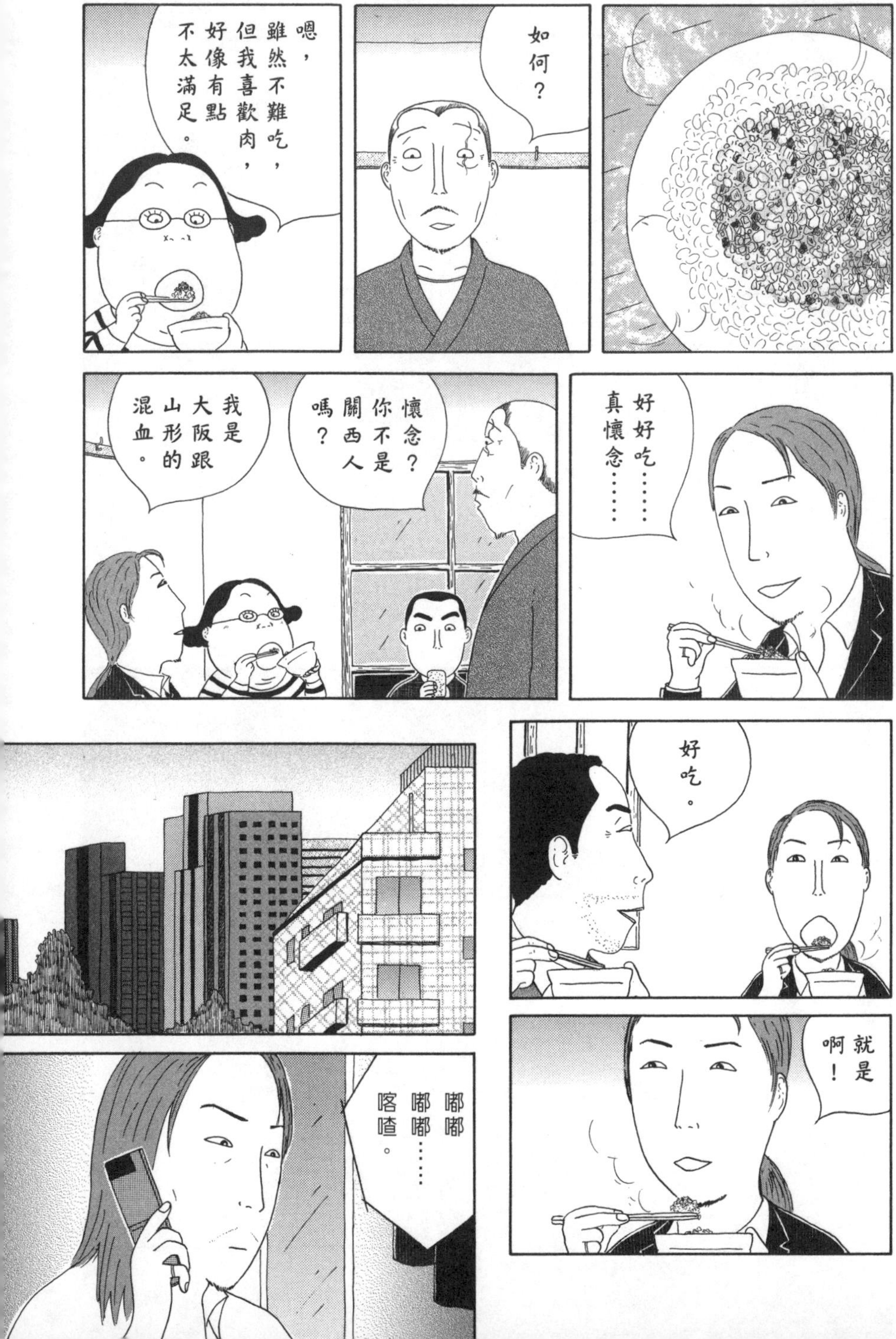
如何？
嗯，雖然不難吃，但我喜歡肉，好像有點不太滿足。
好好吃……真懷念……
懷念？你不是關西人嗎？
我是大阪跟山形的混血。
好吃。
就是啊！
嘟嘟嘟嘟……喀喳。

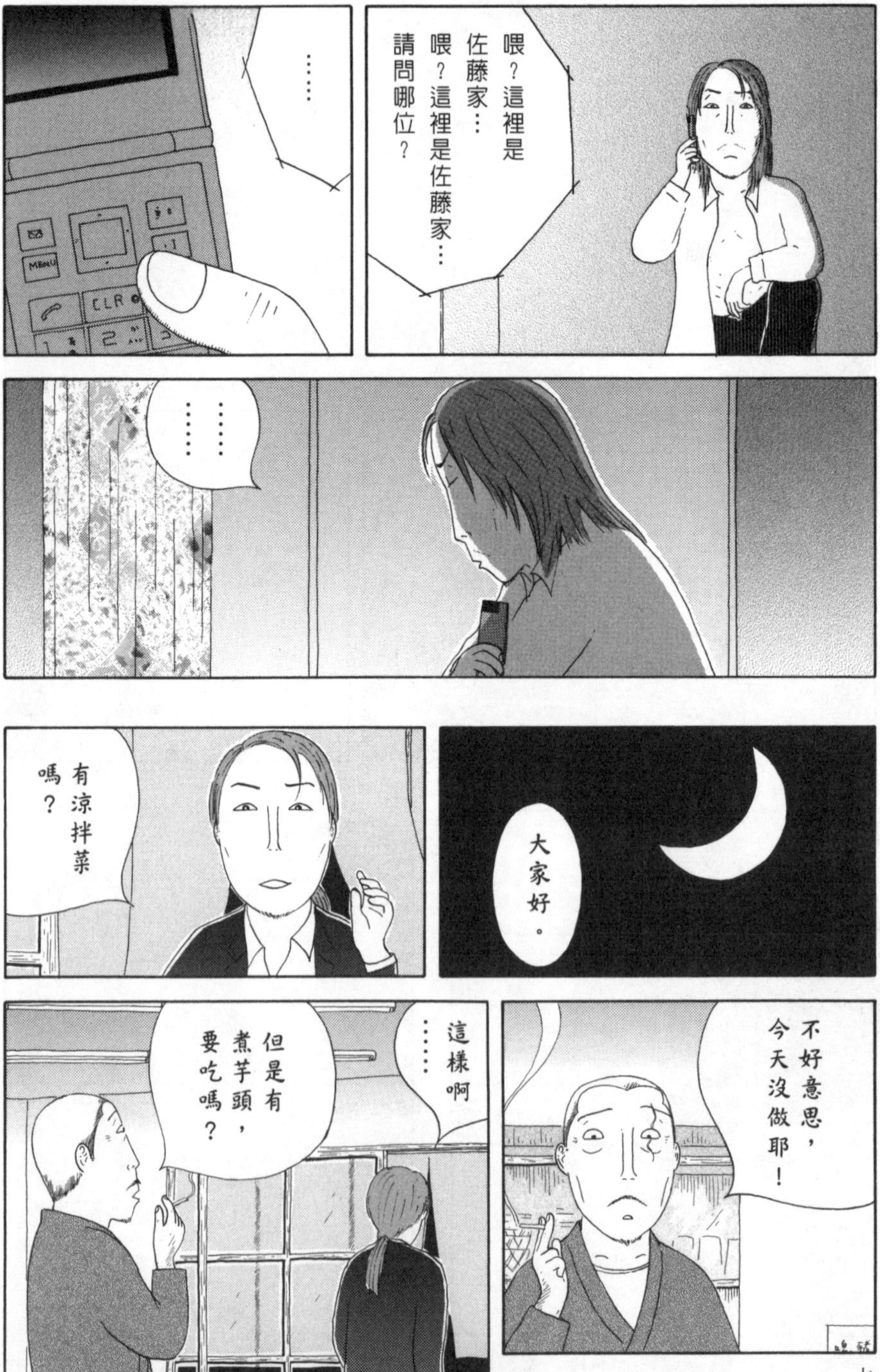
喂？這裡是
佐藤家…
喂？這裡是佐藤家…
請問哪位？
……
……
……
大家好。
有涼拌菜
嗎？
不好意思，
今天沒做耶！
這樣啊
……
但是有
煮芋頭，
要吃嗎？

上次你說你是大阪跟山形的混血。
……我媽是山形人。
沉靜的秋夜，當晚沒有其他客人，讓二一點一滴地開始說起自己的身世。
…………
一直到小學四年級他都住在大阪，後來跟離婚的母親一起回去山形。母親再婚之後生了弟弟和妹妹，但他和繼父處得不好，高中輟學後就來東京了……
你跟家裡有聯絡嗎？
……沒有……

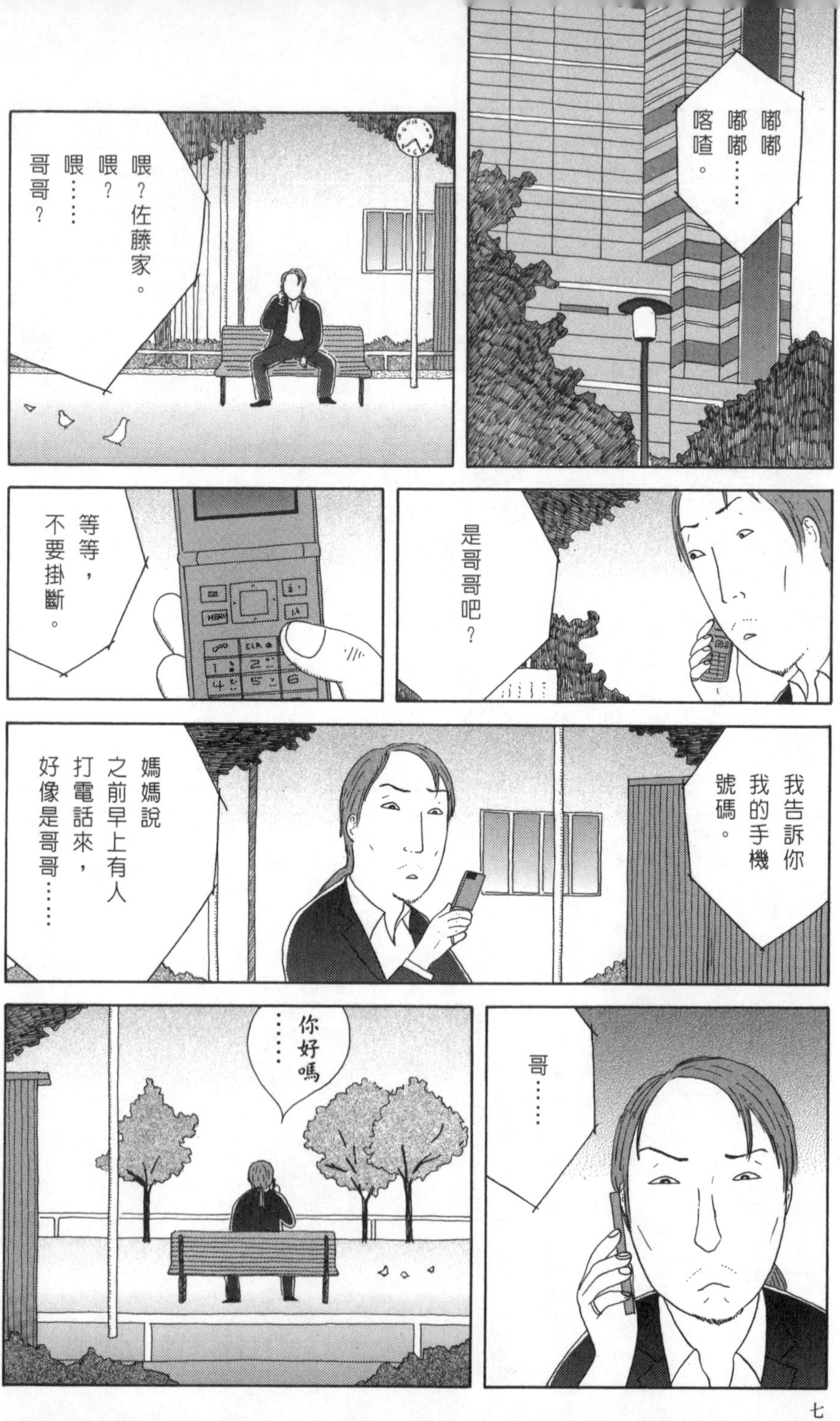
嘟嘟
嘟嘟……
喀喳。
喂？佐藤家。
喂？
喂……
哥哥？
是哥哥吧？
等等，
不要掛斷。
我告訴你
我的手機
號碼。
媽媽說
之前早上有人
打電話來，
好像是哥哥……
哥……
你好嗎……

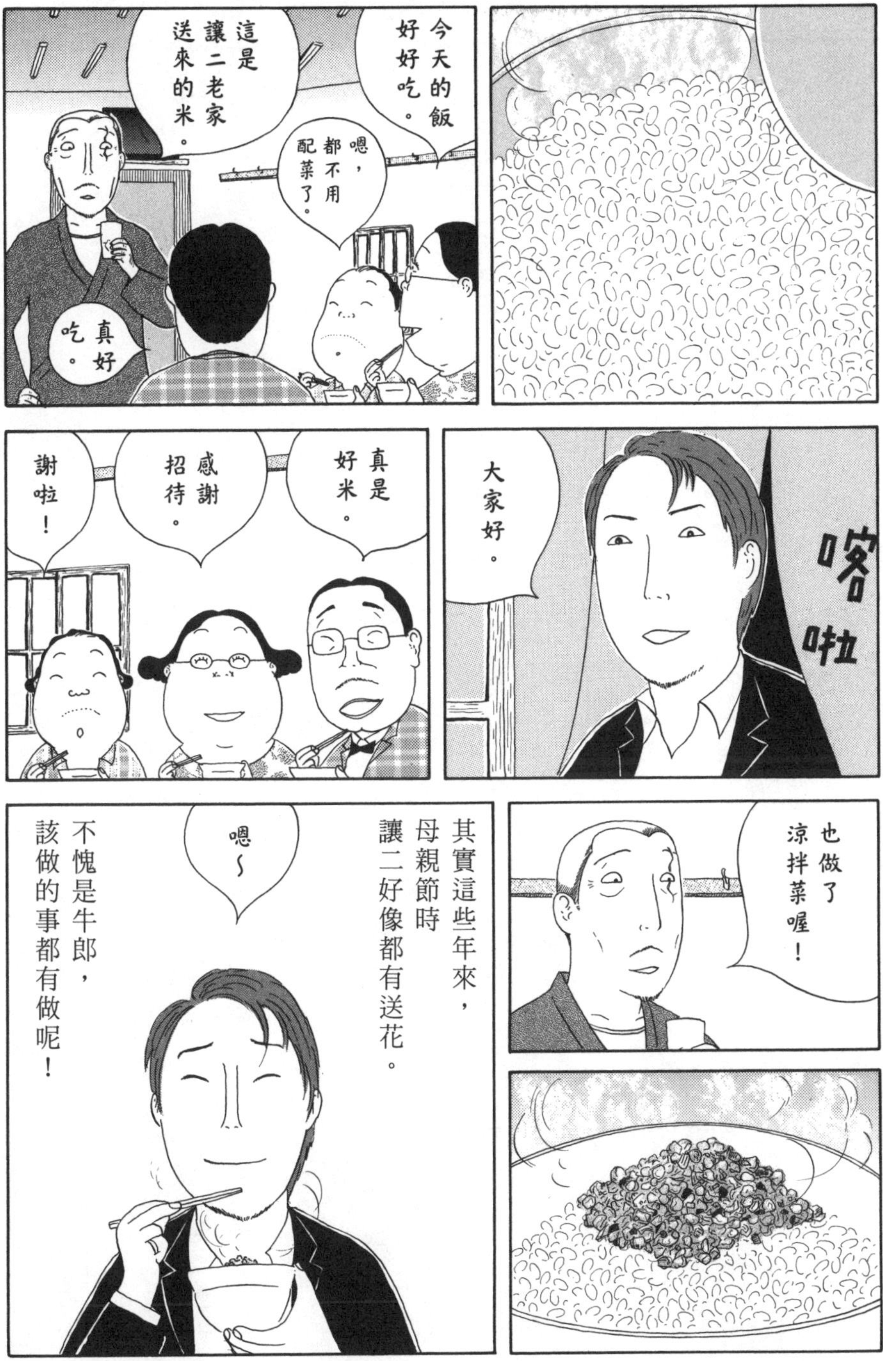
今天的飯好好吃。
這是讓二老家送來的米。
嗯，都不用配菜了。
真好吃。
大家好。
喀啦
真是好米。
感謝招待。
謝啦！
也做了涼拌菜喔！
其實這些年來，母親節時讓二好像都有送花。
嗯～
不愧是牛郎，該做的事都有做呢！

深夜食堂

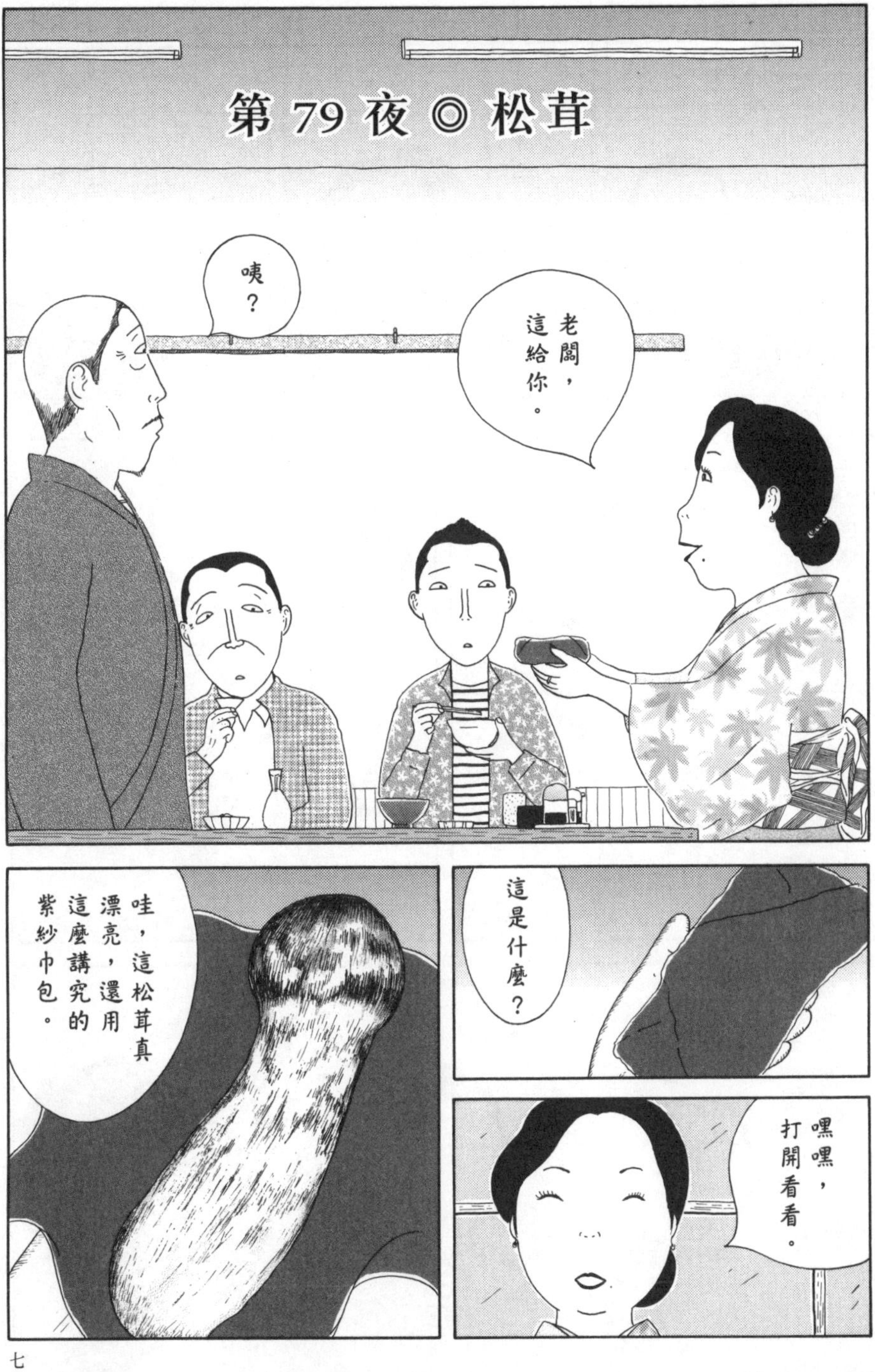
第79夜◎松茸
老闆，這給你。
咦？
這是什麼？
嘿嘿，打開看看。
哇，這松茸真漂亮，還用這麼講究的紫紗巾包。

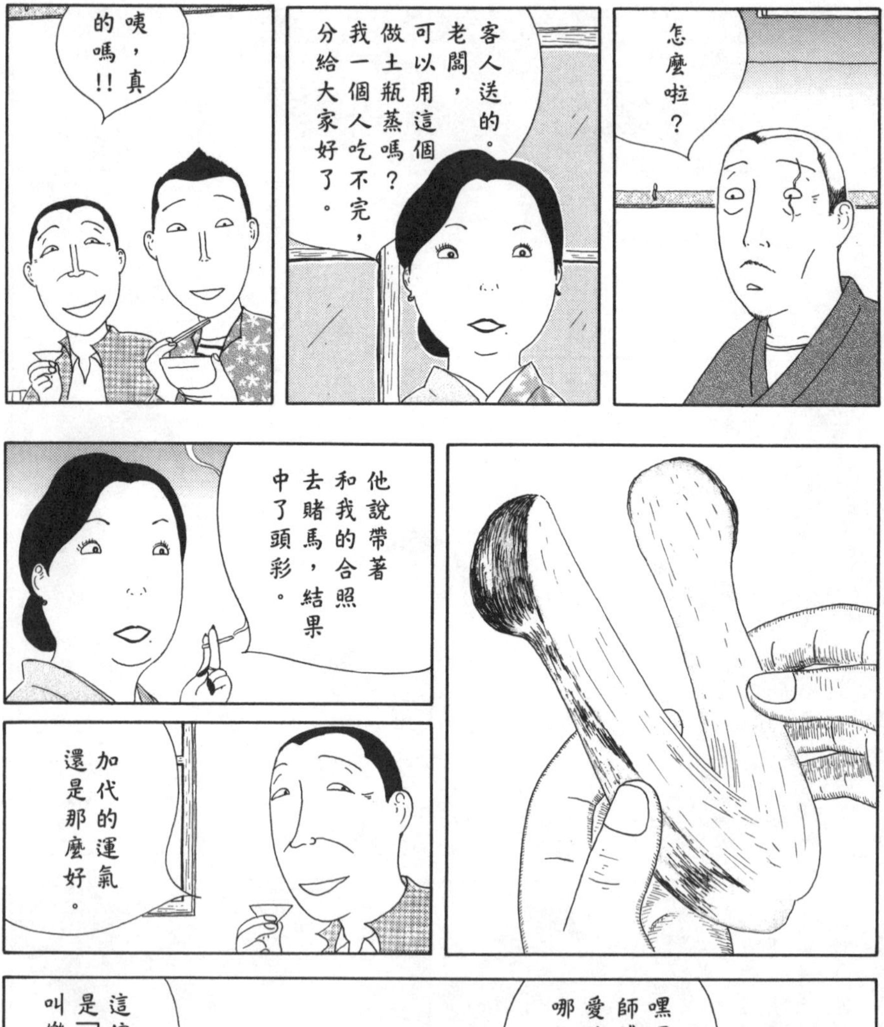
怎麼啦？
客人送的。老闆，可以用這個做土瓶蒸嗎？我一個人吃不完，分給大家好了。
咦，真的嗎!!
他說帶著和我的合照去賭馬，結果中了頭彩。
加代的運氣還是那麼好。
嘿嘿……這可愛的小哥是哪位師傅啊？
這傢伙？是「二目」[4]，叫樂亭香菇。

4.「二目」是單口相聲家的等級。

這位是「橡木夜總會」的加代子媽媽桑，又叫加代滿福堡啦！
真是的，別這樣。
我是香菇，請多指教。
哎喲～真可愛。與其說是香菇，感覺更像金針菇呢！
他不是我弟子，但我在照顧他。他老爸也是藝人。
松茸土瓶蒸，久等了。
老闆，你竟然還有土瓶蒸的容器啊！
偶爾也有這種場合嘛～

師傅，這要怎麼吃啊？
先喝湯。
好喝！
跟永谷園的速食湯好像。
真沒禮貌。
小香菇，你第一次吃松茸嗎？
嗯，永谷園的話倒常吃。
就說不是了……

沒關係。多吃點好東西，成為好相聲家喔！
聽到沒？
好、好……
……
抖
古今亭今
香菇
！

香菇被吃掉啦！
咦？
加代啊！都跟他媽媽年紀差不多了呢！
喲～真不是蓋的。
喀啦
呼呼呼
怎麼了？
豬肉味噌湯定食 六百圓
啤酒（大） 六百圓
日本酒（兩合） 五百圓
燒酒（一杯） 四百圓
每位客人限點三杯酒
送松茸的客人突然出現。

叮咚
原來是在加代家辦事的時候，送松茸的客人突然來了。
從四樓陽台跳到隔壁公寓去，命都快沒了……
混蛋！你啊，可不是沉迷女色的時候！
給我好好學藝，不然我要怎麼向你老爸交代。
……對不起
圓畫老師雖然很擔心……
阿新，你在怕什麼啊？
要是在跟老闆娘這樣那樣的時候，老闆突然回來……
E

めし
香菇最近很讚喔！
「錢包」、「包浴巾」跟情夫有關的段子，講得比高等級的相聲家還好。
因為有親身體驗嘛～真不愧是加代，她看上的人都走好運呢！
呿，真叫人操心。
運來擋不住，
香菇越來越紅，還經常上電視。
五月中——
マンドリン
すなっく 妹
BAR lamb
喀啦

你的臉怎麼啦？
被送松茸的客人打了出來……
加代生日我送她戒指，結果搞錯日子，在母親節送了……
我可不是你媽！
你這什麼意思？不過稍微紅了點，就了不起啊！
然後，今晚我去她家賠罪，送松茸的客人突然出現……
跟她分手！
不想分手，就別做相聲家了!!
咦!?

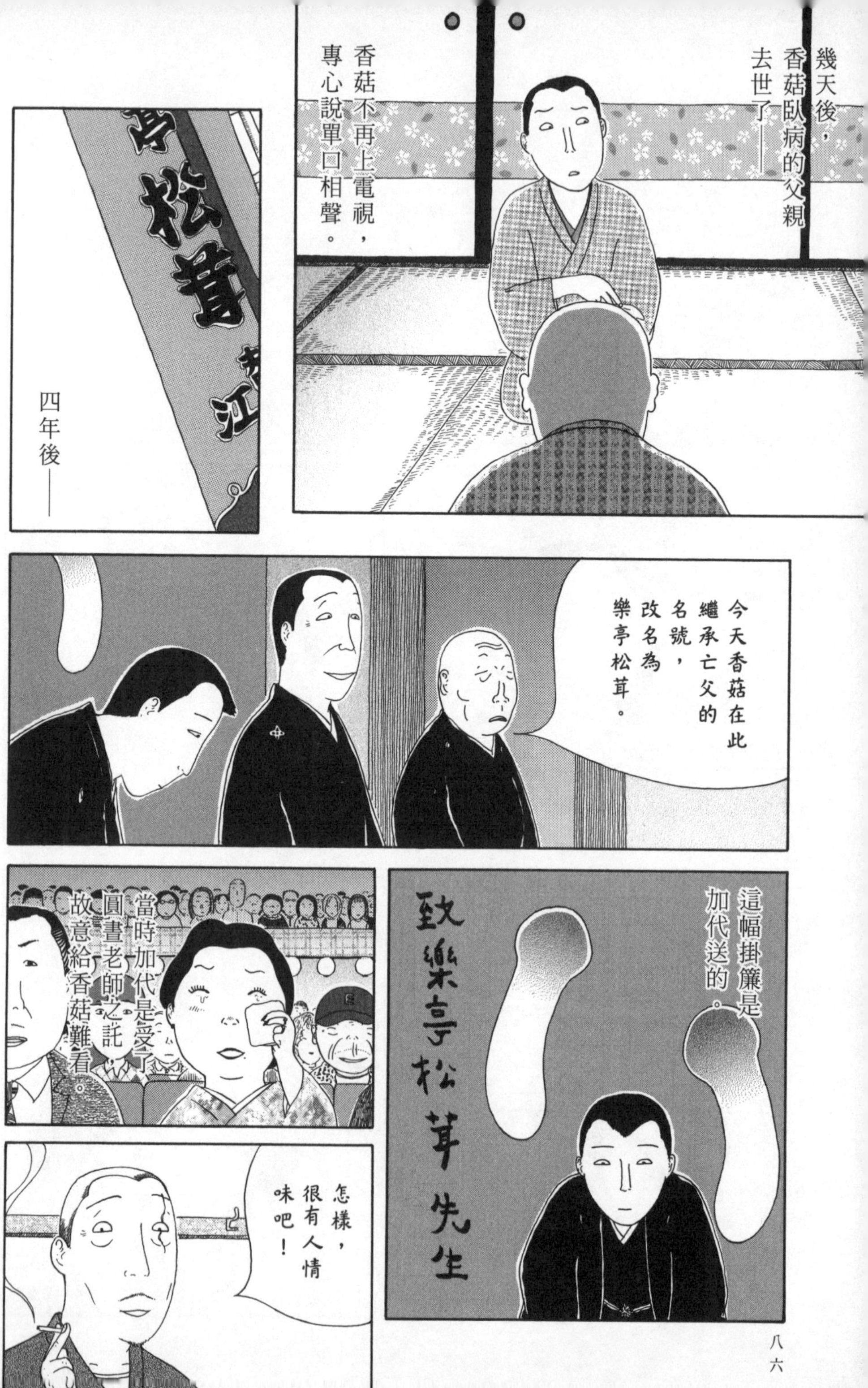
幾天後，香菇臥病的父親去世了——
香菇不再上電視，專心說單口相聲。
四年後——
今天香菇在此繼承亡父的名號，改名為樂亭松茸。
這幅掛簾是加代送的。
致樂亭松茸先生
當時加代是受了圓書老師之託故意給香菇難看。
怎樣，很有人情味吧！

深夜3時

第 80 夜 ◎ 味噌鯖魚

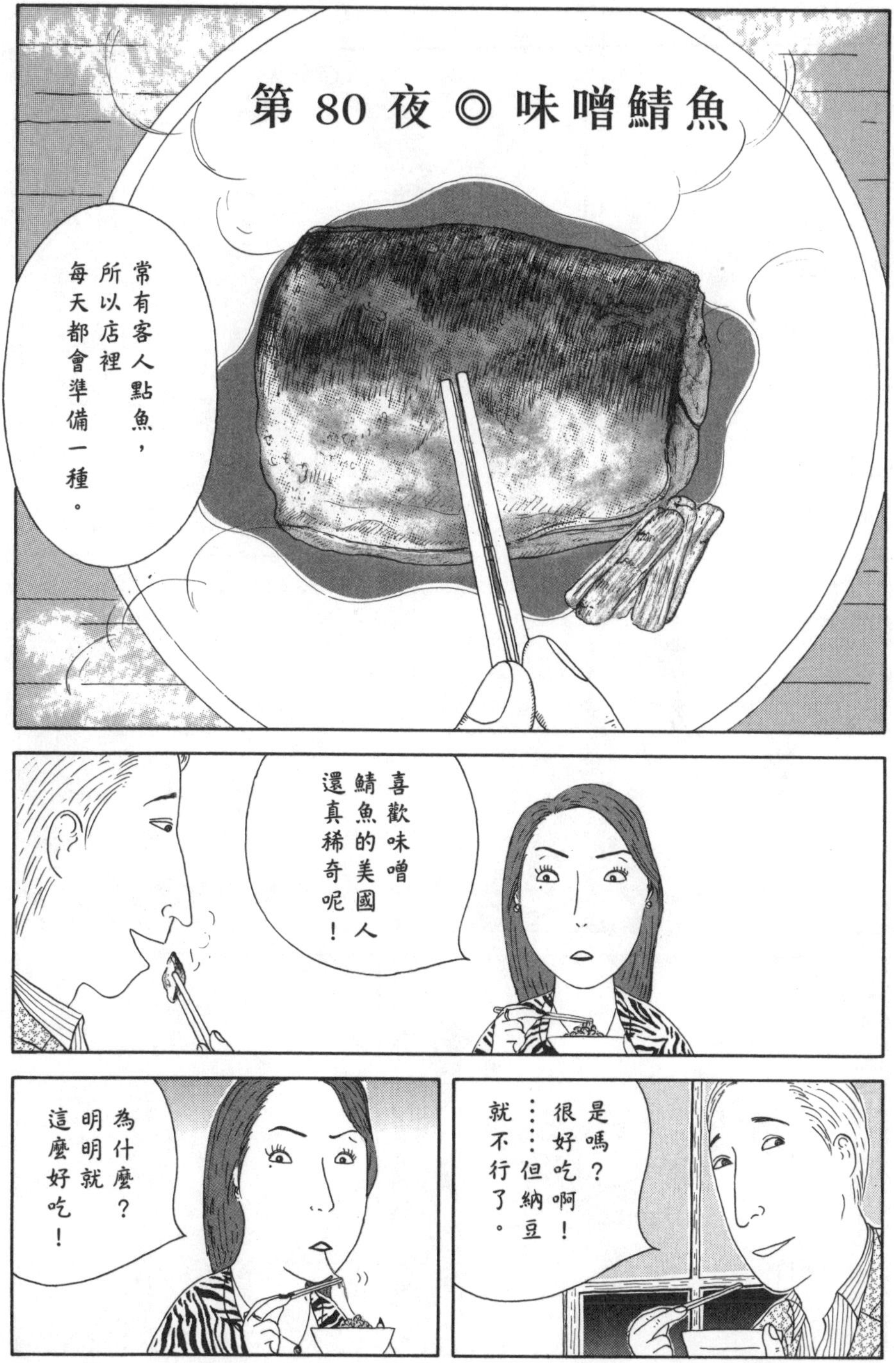

常有客人點魚，所以店裡每天都會準備一種。
喜歡味噌鯖魚的美國人還真稀奇呢！
是嗎？很好吃啊！……但納豆就不行了。
為什麼？明明就這麼好吃！

喀啦
啊，麗美，好久不見。
阿順，最近好嗎？
女王陛下！
艾立克!?
沒錯，麗美是SM俱樂部的女王。

也就是說……
對，他是我客人。
味噌鯖魚，久等了。
不過……女王跟奴隸喜歡一樣的東西……
就是啊，好大的膽子。
對、對不起……
下次要好好教訓你。

多謝女王陛下。
嘿嘿。
……
……
club
SAM
サロメの館
跟我吃一樣的東西，你還早八百年呢！
女王陛下，饒了小的吧！
めし
味噌鯖魚定食。

可以嗎？
沒問題！
現在鯖魚正肥，可好吃了。我也來一塊吧！
！
喀啦
請給我味噌鯖魚。
你在吃什麼！

女王陛下，請饒了小的。
喂，要玩的話請去別地方。
也是。艾立克，別給我丟臉了。
你懂的吧，下次……
是♡
最近艾立克都沒來了。
他說一直很忙。
他是做什麼的啊？
不知道。我不太過問客人的私事。

喂，美佑，我一定去。美佑跟大輔要結婚了啊！嗯，星期天見。
他們父母一直都很反對，但他們還是一直在一起，現在終於要結婚了。
喔～
有點羨慕呢！
豬肉味噌湯定食 六百圓
啤酒（大） 六百圓
日本酒（兩合） 五百圓
燒酒（一杯） 四百圓
每位客人限點三杯酒
那天路上發生車禍，參加婚禮的麗美稍微遲到了一點。

!?
!
後來艾立克緊張得一塌糊塗……對新郎新娘真不好意思。
喔，原來是神父啊！幸好不是麗美的婚禮。
奴隸主持女王的婚禮，這可怎麼進行啊！
就是。

三個月後——
真難得，竟然一起來。
今天是送別會。
我要回美國了。
這樣啊！
老闆，兩份味噌鯖魚。
久等了。
真寂寞啊！
……
嗯，是有點。

兩年後，
麗美辭了女王的工作，
和一直被雙方家長反對
但一直都在一起的對象
結婚了。
兩人在夏威夷的教堂裡
舉行儀式。
KARAOKE
當天的神父是艾立克呢！
……艾立克變穩重了。
是喔！
咦!?
婚禮非常完美。
這樣啊，真是太好了。
嗯。
麗美回國後，
寄了好多味噌鯖魚罐頭
給艾立克神父。

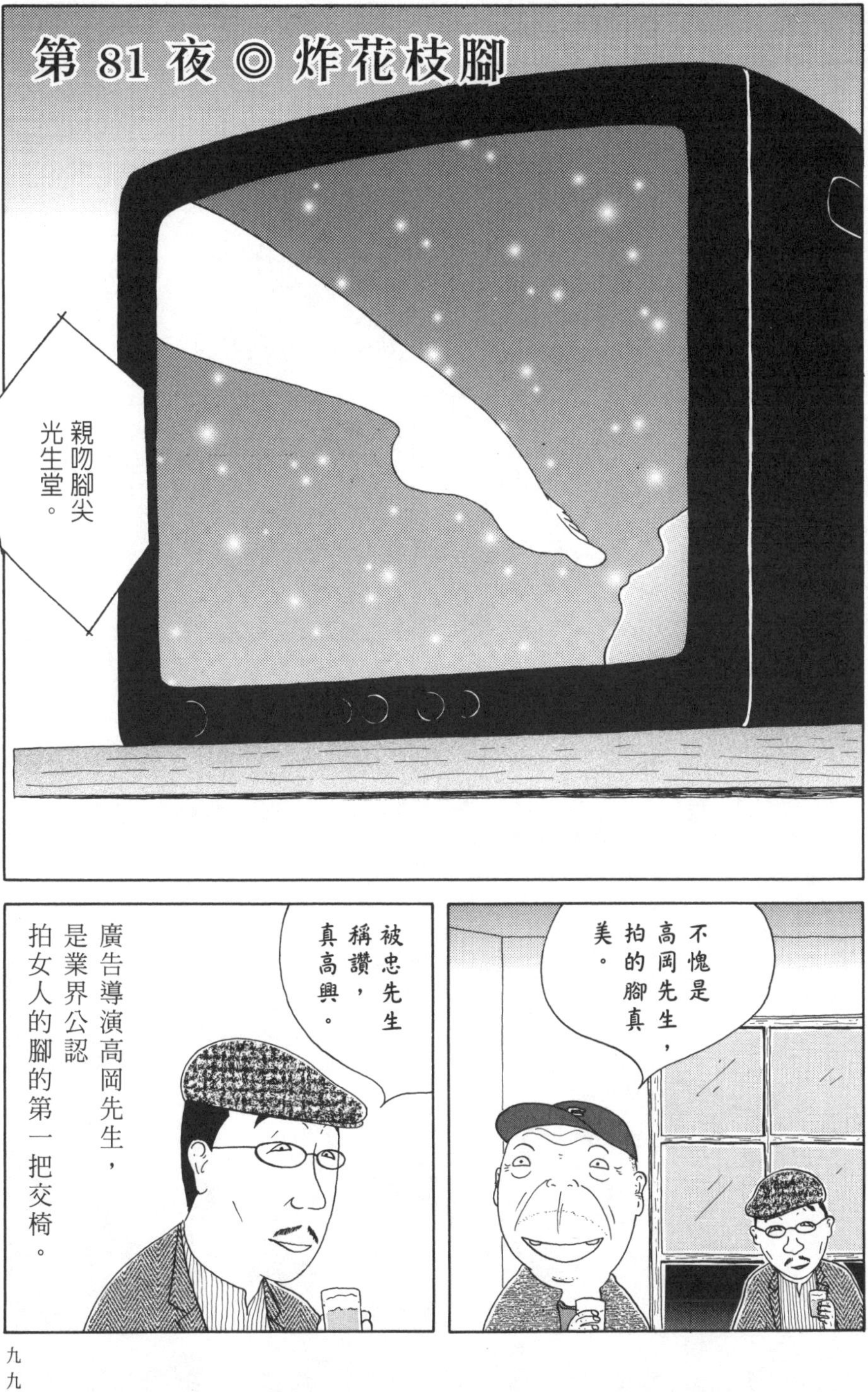
第81夜◎炸花枝腳
親吻腳尖光生堂。
不愧是高岡先生，拍的腳真美。
被忠先生稱讚，真高興。
廣告導演高岡先生，是業界公認拍女人的腳的第一把交椅。

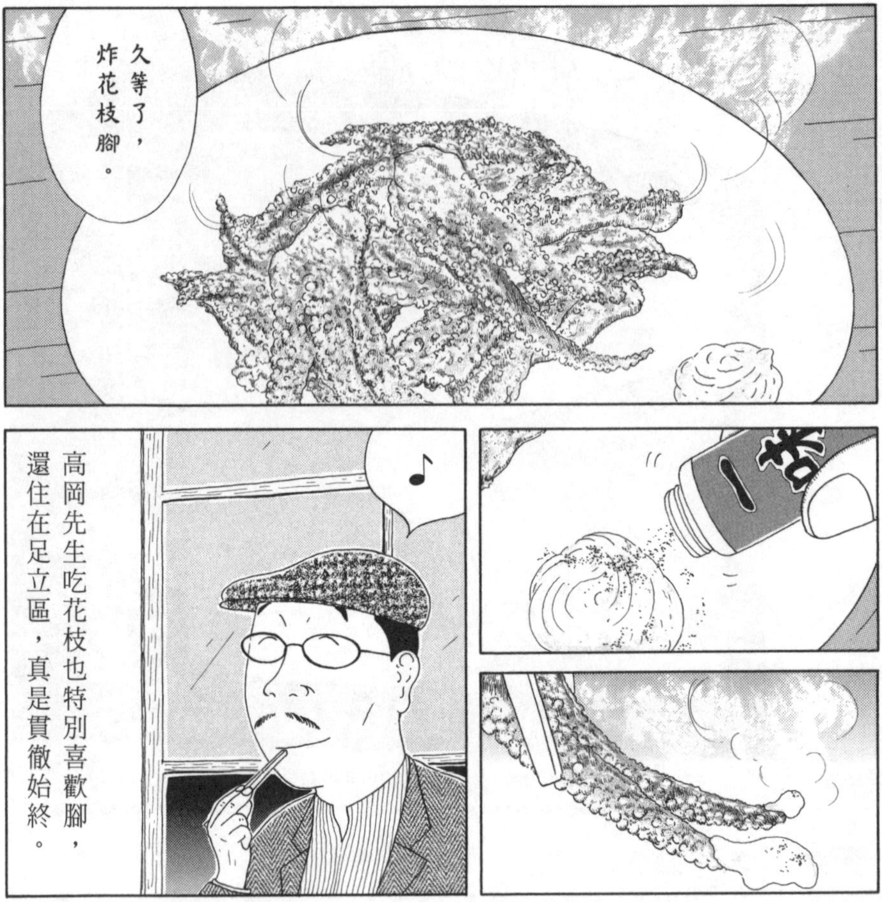
久等了，炸花枝腳。
♪
高岡先生吃花枝也特別喜歡腳，還住在足立區，真是貫徹始終。
比起腳，阿忠應該更喜歡胸部吧？
是沒錯，但女人的腳也是很讚的！
女人的腳可是很深奧的呢，我沒有詭異的含意喔！
接下來的兩小時，大家都乖乖聽著高岡先生的腳部演講。

有一天，高岡先生很難得地
めし
炸花枝腳和啤酒。
歡迎光臨。
七海要吃什麼？這裡只要點菜，什麼都可以做喔！
這樣啊！
我跟導演一樣就好。
好……
大盤炸花枝腳，久等了。

老闆，我要拍電影了。
恭喜啊！
這位是蘆川七海小姐，這次電影的女主角。
初次見面，我是七海。
初次見面。……妳是新人？
「親吻腳尖」的模特兒就是她。
真的!?好美的腳。人也漂亮，只有腳上鏡頭太可惜啦！
謝謝您的誇獎。
電影當然是全身入鏡啦！

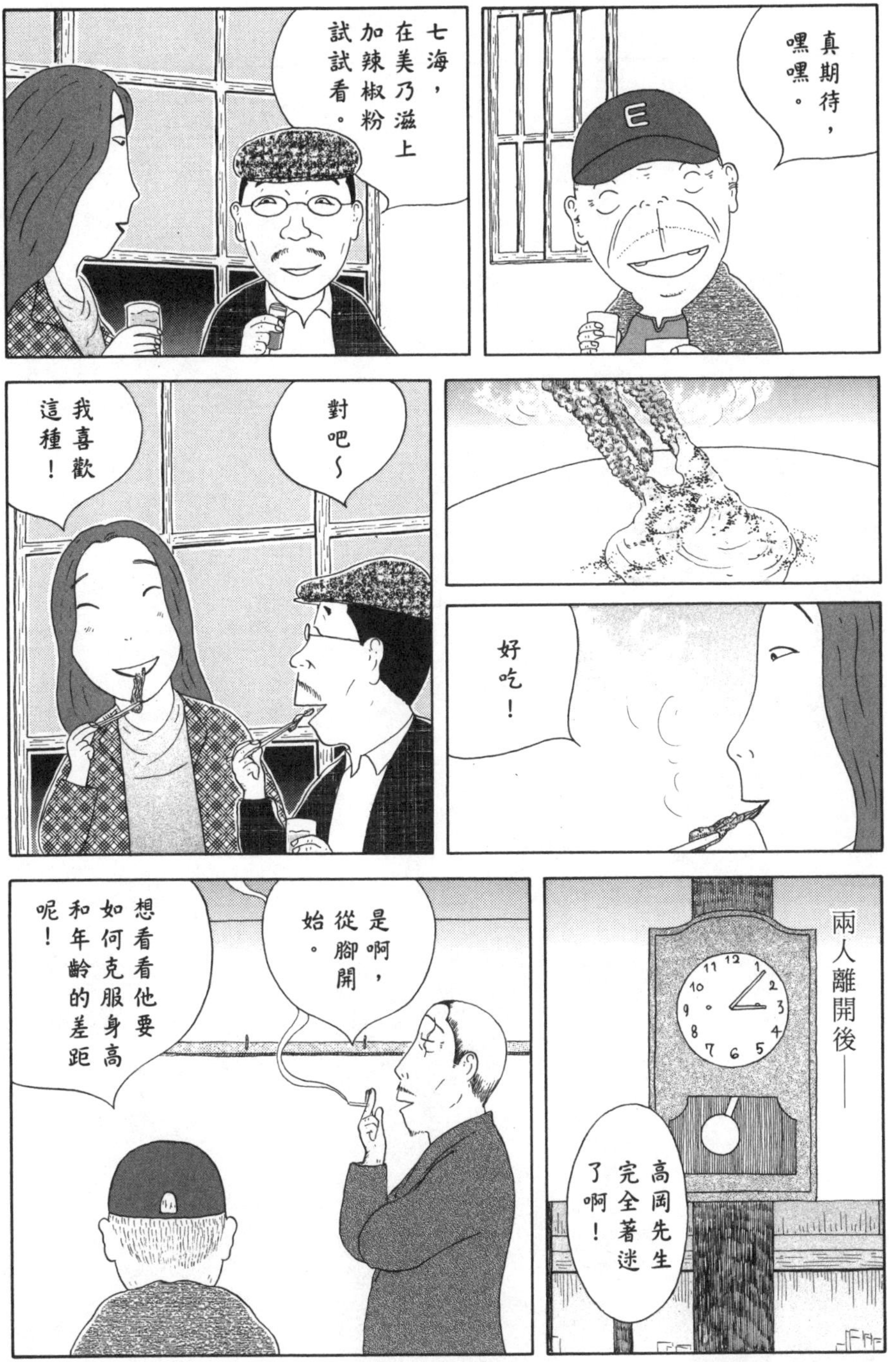

真期待，嘿嘿。
七海，在美乃滋上加辣椒粉試試看。
對吧～
我喜歡這種！
好吃！
兩人離開後——
高岡先生完全著迷了啊！
是啊，從腳開始。
想看看他要如何克服身高和年齡的差距呢！

電影殺青前
他們常一起來，
和樂地吃著炸花枝腳。
最近那兩人有模有樣啦！
我看見他們挽著手一起走，感覺很不錯。
Jack
BAR
スナック
プラハ
拍攝中

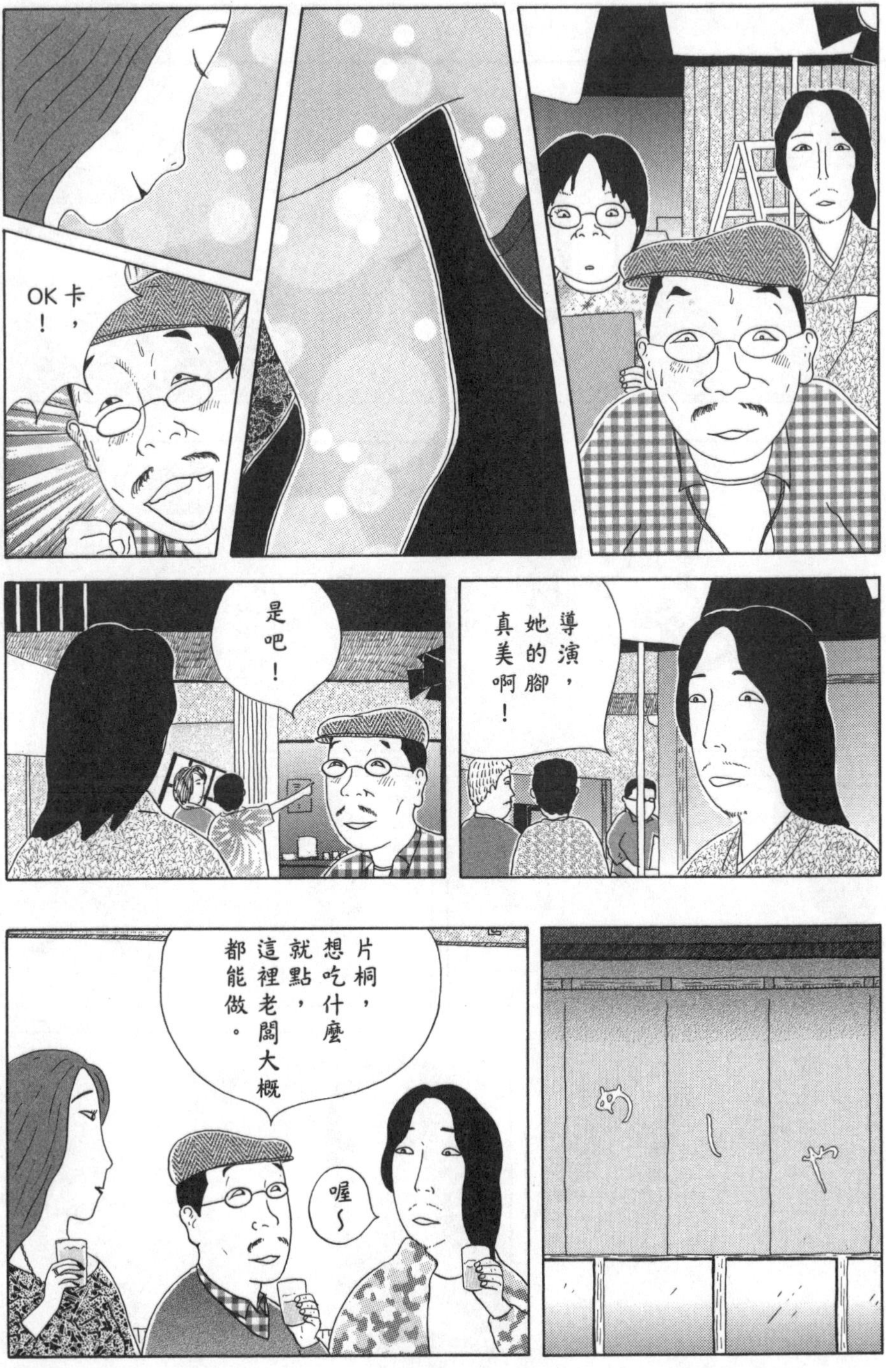
OK卡，！
導演，她的腳真美啊！
是吧！
片桐，想吃什麼就點，這裡老闆大概都能做。
喔～
めしや

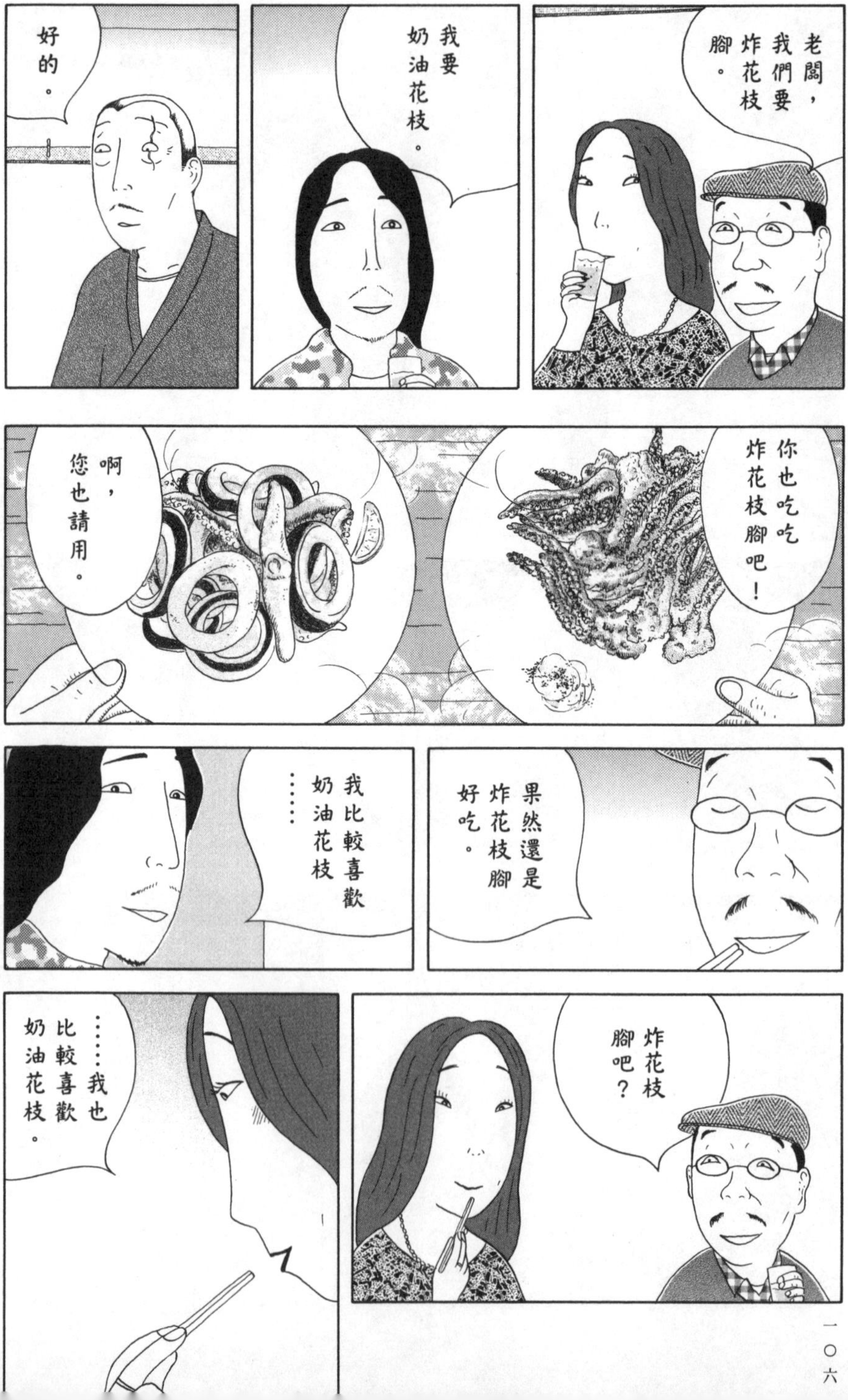
老闆，我們要炸花枝腳。
我要奶油花枝。
好的。
你也吃吃炸花枝腳吧！
啊，您也請用。
果然還是炸花枝腳好吃。
我比較喜歡奶油花枝……
炸花枝腳吧？
……我也比較喜歡奶油花枝。

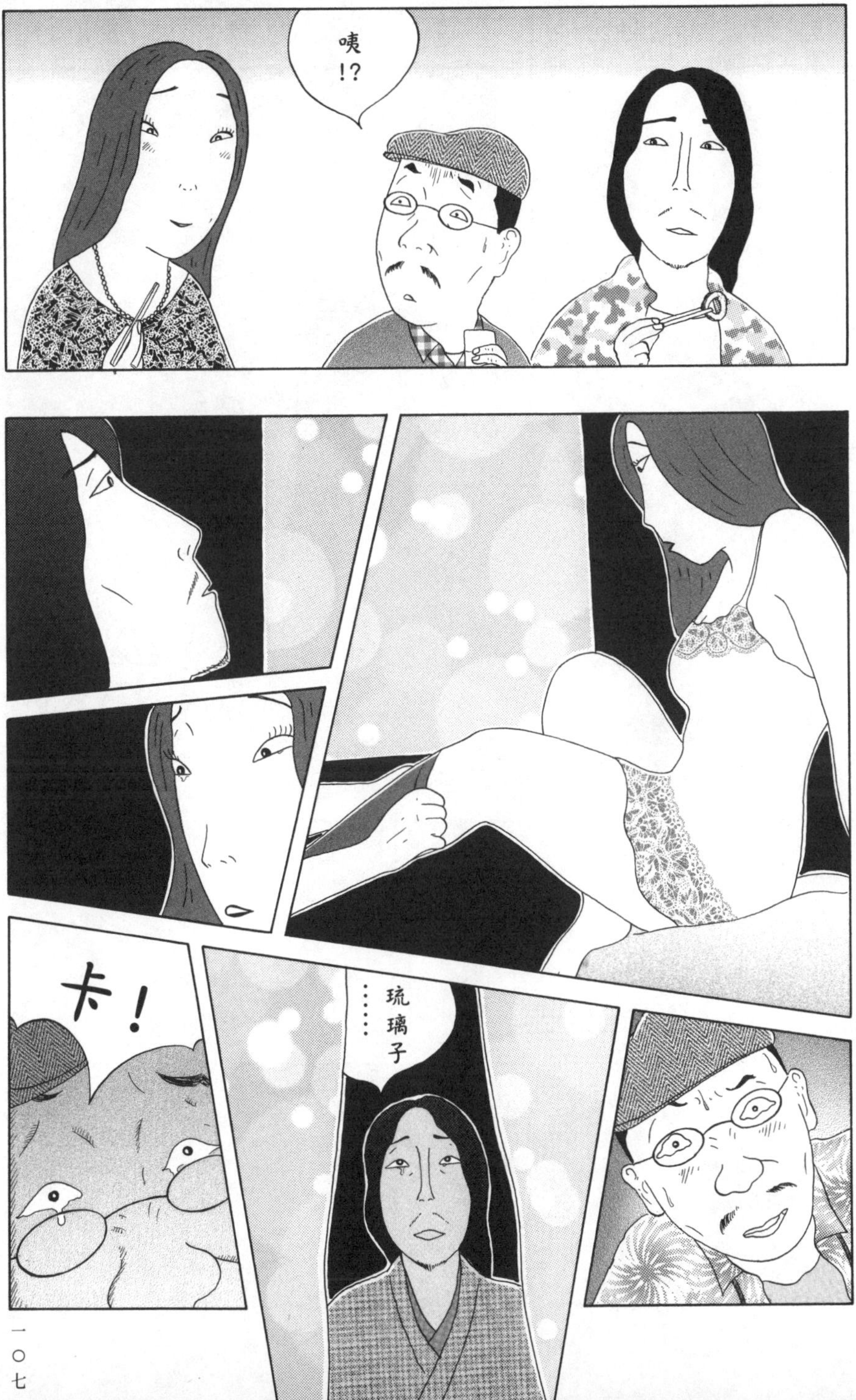
咦!?
琉璃子……
卡!

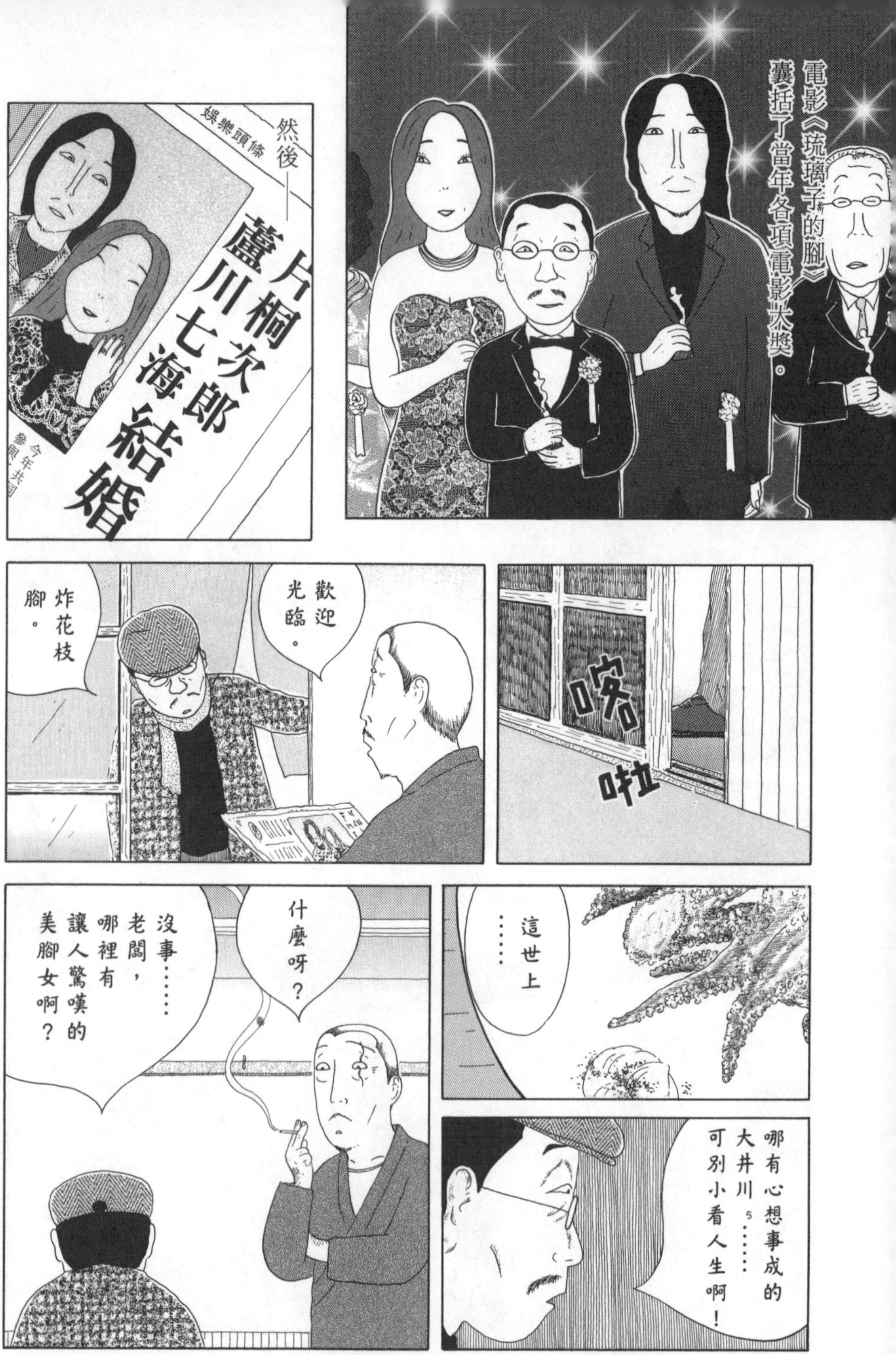
電影《琉璃子的腳》囊括了當年各項電影大獎。
然後——
娛樂頭條
片桐次郎 蘆川七海結婚
喀啦
歡迎光臨。
炸花枝腳。
什麼呀？
沒事……老闆，哪裡有讓人驚嘆的美腳女啊？
這世上……
哪有心想事成的大井川[5]……可別小看人生啊！

5.「大井川」指日本大井川鐵路公司，簡稱「大鐵」。大鐵時常收購其他鐵路公司的二手列車繼續使用，在此以大鐵比喻片桐先生，二手列車比喻七海小姐。

第82夜◎烤飯糰
烤飯糰，久等了。

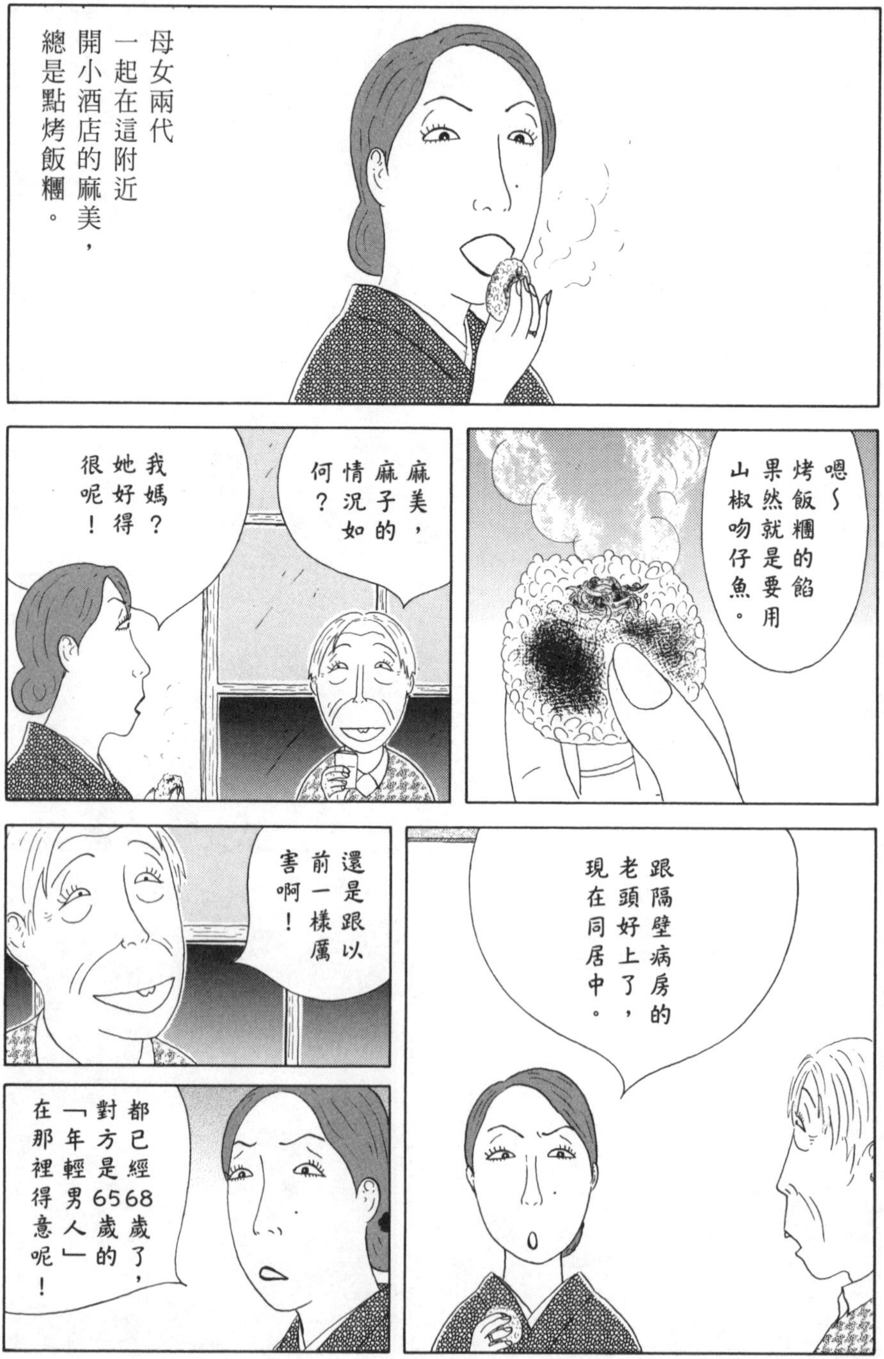
母女兩代
一起在這附近
開小酒店的麻美，
總是點烤飯糰。
嗯～烤飯糰的餡果然就是要用山椒吻仔魚。
麻美，麻子的情況如何？
我媽？她好得很呢！
跟隔壁病房的老頭好上了，現在同居中。
還是跟以前一樣厲害啊！
都已經68歲了，對方是65歲的「年輕男人」在那裡得意呢！

麻里最近在做什麼？
麻里是麻美的女兒，是個小劇團的演員……
還在跟紅不起來的小演員同居。
真是的，每個都這樣……
麻美雖然這麼說，但她自己也……
老闆，另外一個飯糰我想做茶泡飯。
好。

♪
半個月後——
烤飯糰！
喀啦
喲，麻里好久不見。
麻里!?變漂亮了。今天麻美呢？
媽媽在名古屋。她跟一個單身赴任的男人一起走了。
那店呢？
現在我在顧。

阿嬤跟我媽都一樣，一把年紀了還亂來。
餡用山椒吻仔魚嗎？
好！
久等了，烤飯糰。
烤飯糰的餡果然就是要用山椒吻仔魚。
老闆，另外一個飯糰我想做茶泡飯。
好。
不愧是母女……
咦，什麼？

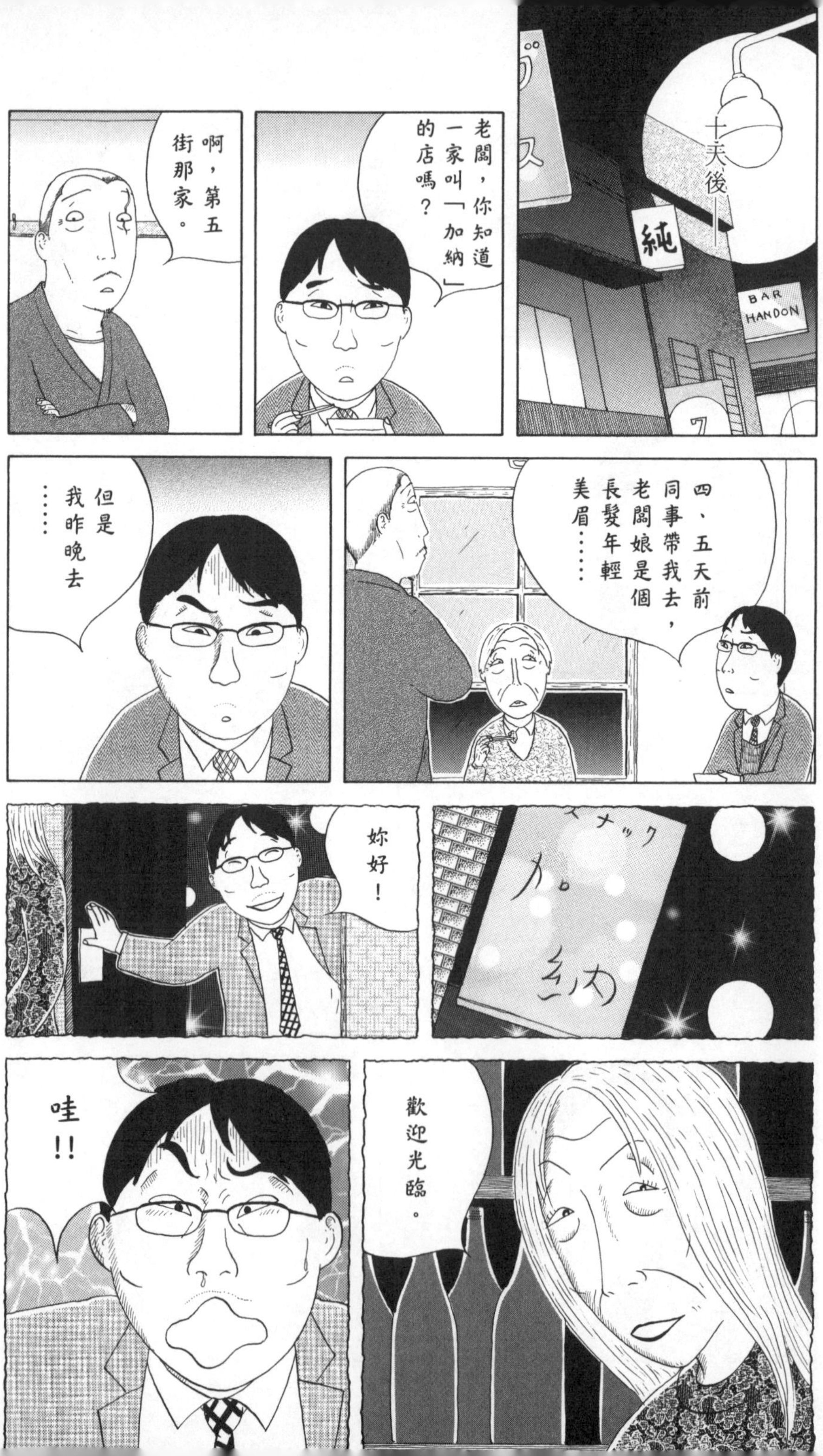

十天後——
純
BAR HANDON
老闆，你知道一家叫「加納」的店嗎？
啊，第五街那家。
四、五天前同事帶我去，老闆娘是個長髮年輕美眉……
但是我昨晚去……
スナック
加納
妳好！
歡迎光臨。
哇!!

我嚇死了，立刻逃出去。現在想起來還會發抖。
這樣啊，哈哈哈。
一點都不好笑，我嚇得都快尿出來了。
喀啦
我要烤飯糰。
出、出現了！
麻子，不是在跟年輕男人同居嗎？
哎喲，小壽壽桑，別這樣啦！那種老頭我早甩了。
之前看店的是孫女麻里，這位是外祖母麻子。
原、原來如此……

麻里呢？
跟那個小演員復合了。店現在是我在顧。
喀啦
給我烤飯糰。
麻美……
媽……
我聽麻里說了，妳看男人的眼光真差。
半斤八兩吧……
哼……

給我烤飯糰！
喀啦
歡迎光臨。
麻里！

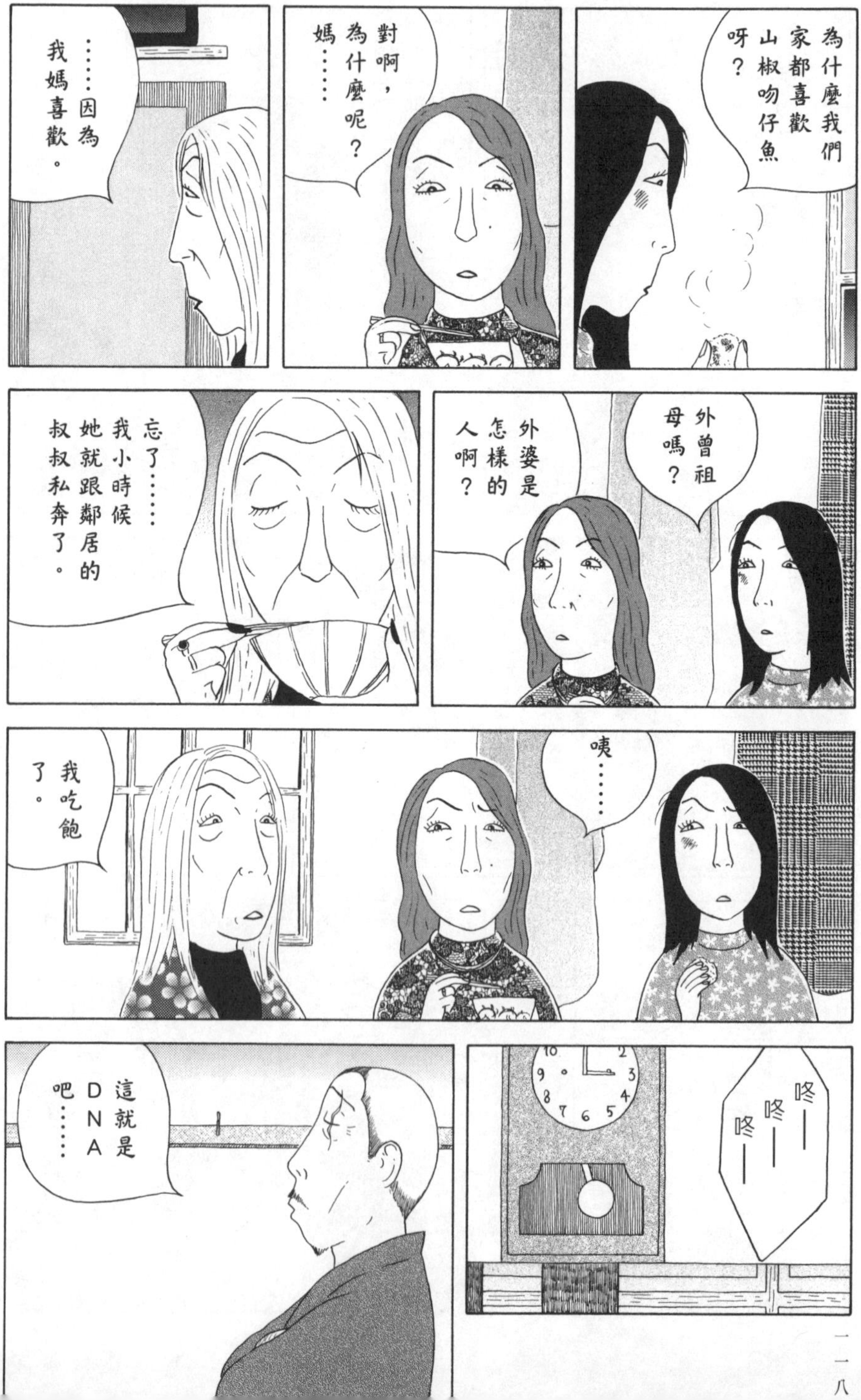
為什麼我們家都喜歡山椒吻仔魚呀？
對啊，為什麼呢？媽……
……因為我媽喜歡。
外曾祖母嗎？
外婆是怎樣的人啊？
忘了……我小時候她就跟鄰居的叔叔私奔了。
咦……
我吃飽了。
咚—咚—咚—
這就是DNA吧……

第83夜◎中華涼麵

總是倒貼年輕男人的小瞳，很稀奇地帶了比她年長的男人，在今年降下初雪的日子到店裡來——
JAZZ
すなっく
弥々
BAR GEN
BAR
這種天氣果然要熱酒啊！
是啊！
大家好。

老闆，可以做中華涼麵吧！
中華涼麵!?
橋本先生想吃，可以做吧？
沒有做涼麵的麵，但可以用類似的。
拜託了！
看吧！
不好意思，麻煩你了。
小瞳拜託的，沒辦法啊！

哇！
嘶
嘶
嘶
怎樣？
很好吃，謝謝。
太好了。
呃……光看就覺得冷了。

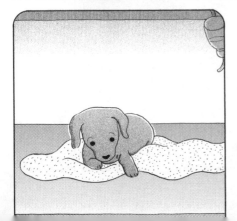

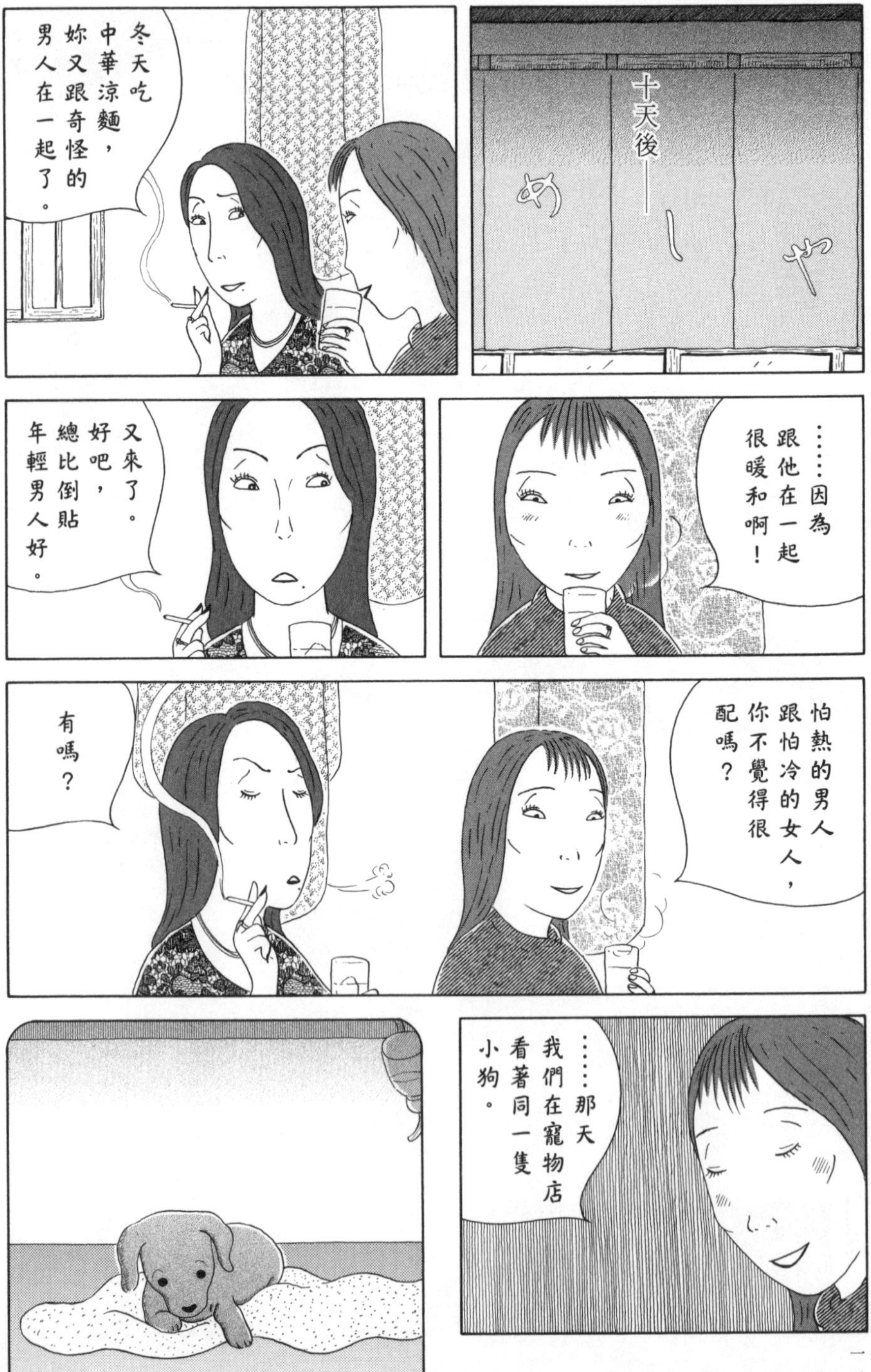
十天後——
めしや
冬天吃中華涼麵，妳又跟奇怪的男人在一起了。
……因為跟他在一起很暖和啊！
又來了。好吧，總比倒貼年輕男人好。
怕熱的男人跟怕冷的女人，你不覺得很配嗎？
有嗎？
……那天我們在寵物店看著同一隻小狗。

好可愛。
真可愛。
！
！
然後就在小狗前面慢慢聊起來了，之後某一天……
啊……
那隻小狗賣掉了喔！
那天我們第一次一起喝酒。他說喜歡中華涼麵……

所以妳就帶他來了啊？
他是做什麼的？
他在提供食宿的印刷廠上班。休假前一天晚上會來我家住。
所以我週末都不用電毯了，呵……
是喔！
之後一到週末——
大家好。
橋本總是點中華涼麵，小瞳點鍋燒烏龍麵。
嘻嘻。

有一天——
大家好。
老闆，這是我師傅平塚先生。
師傅？
教我怎麼當警察的師傅，傳說中的刑警平塚源三。
喔～
別隨便把我當傳說，我還沒退休呢！
先來杯熱酒吧！平塚先生要吃什麼？菜單只有這些，但只要點菜，老闆都可以幫你做。
豬肉味噌湯定食 六百圓
啤酒（大） 六百圓
日本酒（兩合）6 五百圓
燒酒（一杯） 四百圓
每位客人限點三杯酒
喔……

6. 「合」為日本酒單位，一合為180毫升。

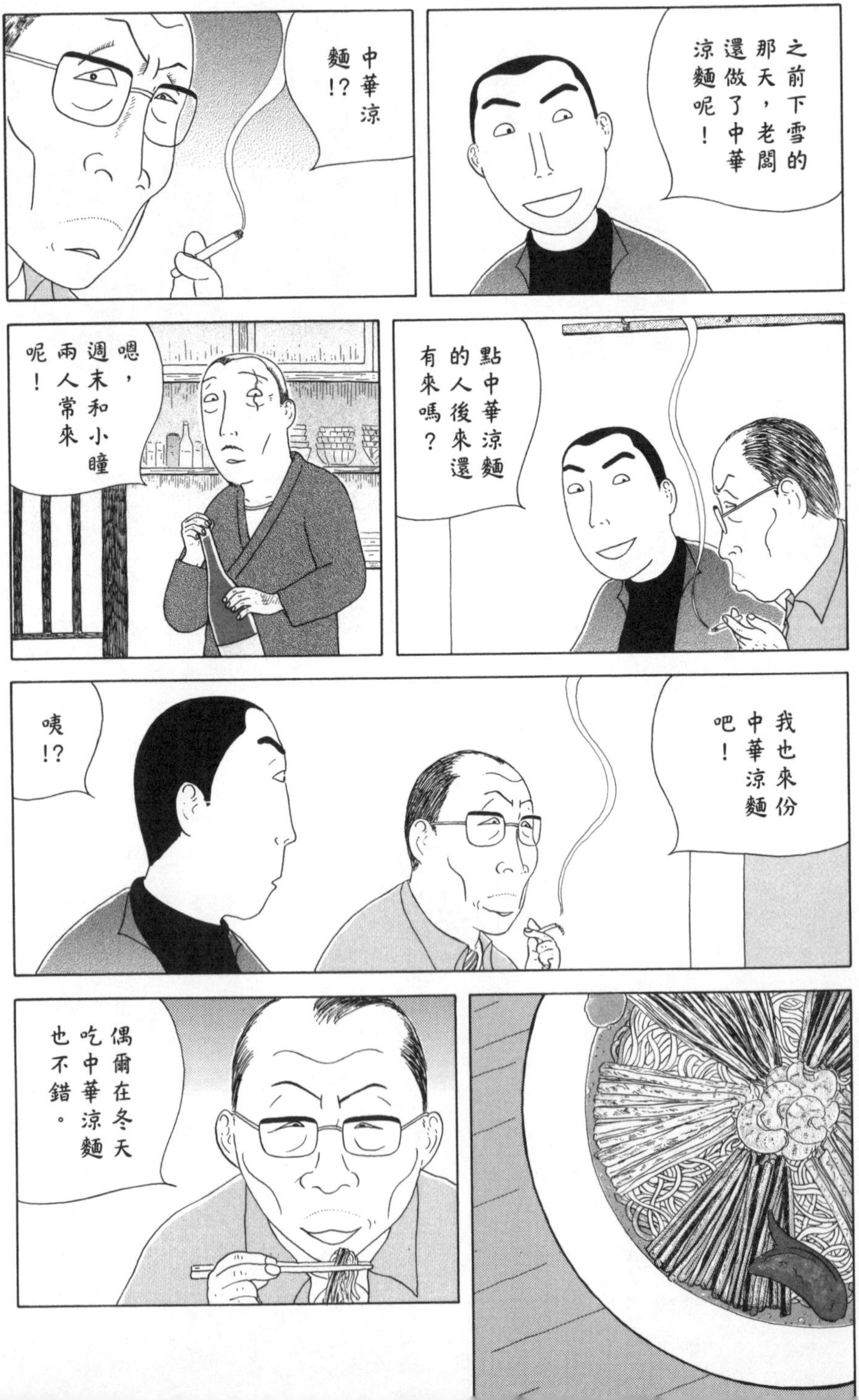
之前下雪的那天，老闆還做了中華涼麵呢！
中華涼麵!?
點中華涼麵的人後來還有來嗎？
嗯，週末和小瞳兩人常來呢！
我也來份中華涼麵吧！
咦!?
偶爾在冬天吃中華涼麵也不錯。

除夕——
め
大家好。
鬍子怎麼沒啦？
他問我要什麼生日禮物，我說要沒留鬍子的橋本先生。
喔。
我要鍋燒烏龍麵。
請給我中華涼麵！
喀啦
我也來份中華涼麵吧！
!?

猿橋，你還是喜歡中華涼麵啊！
……
!?
社會
時效到期之前
目黑女子大學生強盜殺人
猿橋
11個月
唉……
冬天果然不該吃中華涼麵。
……小瞳
不知何時才能幸福啊……

第 84 夜 ◎ 海苔炸竹輪
最近常來的八郎先生，今天拚命嘆氣……
怎麼啦？
豬肉味噌湯定食 六百圓
啤酒（大） 六百圓
日本酒（兩合） 五百圓
參加婚禮的時候，看見新娘是個美人，心裡就覺得「輸了」。
我明白！新娘如果長得醜，就安心地覺得「贏了」吧？
就是啊！

什麼贏了輸了，你們倆都沒老婆吧？
是沒錯。哎，反正就是這樣啦！
教養好、個性好、頭腦好、又能幹，然後還是個大美人……
有這種女人!?新郎呢？
我大學學弟，也是個大好人。
大好人!?讚耶！
心胸開闊，有男子氣概，有責任感，還又高又帥……
什麼嘛，小八你一開始就輸了不是嗎？
是啦，真不公平……

人家想看那個帥哥，下次帶他一起來嘛！
咦？
八郎先生帶那個大好人來，是半個月後的事。
めし
想吃什麼？菜單只有這些，但只要點菜，老闆都可以幫你做。
豬肉味噌湯定食 六百圓
啤酒（大） 六百圓
日本酒（兩合） 五百圓
燒酒（一杯） 四百圓
每位客人限點三杯酒
喔……
沒有菜單反而不知道要點什麼了。該點什麼好呢？
……
小壽壽桑怎麼啦？
好帥喔～

對了，我要海苔炸竹輪。
好。
你在高輪買房子呀？
是啊！
下次請我去吧！
好是好……但我老婆不會做菜呢……
咦，真的假的!?
她很努力，但做什麼都不好吃。
這樣啊……
八郎先生第一次露出「贏了」的表情……
來，久等了，海苔炸竹輪。

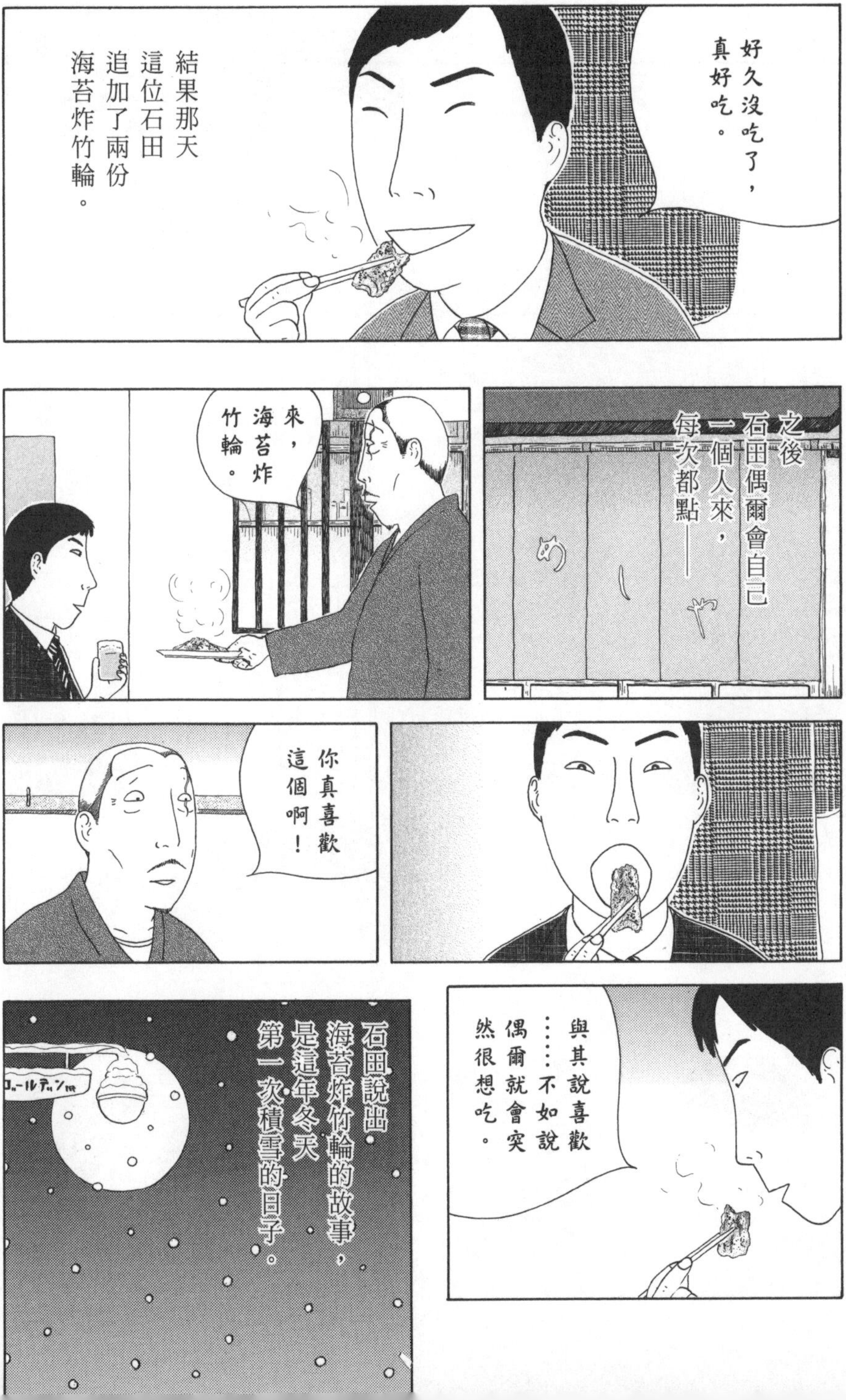
好久沒吃了，真好吃。
結果那天這位石田追加了兩份海苔炸竹輪。
之後石田偶爾會自己一個人來，每次都點——
めしや
來，海苔炸竹輪。
你真喜歡這個啊！
與其說喜歡……不如說偶爾就會突然很想吃。
石田說出海苔炸竹輪的故事，是這年冬天第一次積雪的日子。

我一直到高一都住在北海道，高二的時候才搬來東京。
喔？
來東京大約一個月之後的事——
那個……
能請你吃我做的便當嗎？
咦？
……我在北海道有女朋友……
沒關係，只是吃我做的便當而已。
後來我的櫃子裡每天都有超豪華的便當。

哇賽！
好像很好吃。
可是每天吃也會膩啊……而且老實說，我覺得負擔很大。有一天我把她的便當給朋友吃，自己另外去買海苔便當。
第二天——
我的便當不好吃嗎？
不、不是……
只是昨天想吃海苔便當。我、我喜歡海苔炸竹輪……
……海苔炸竹輪!?

後來便當裡就都有這個了。有塞起司的、梅肉的，她真的費盡心思花功夫在做……
是個好孩子啊，然後呢？
我沒有和她交往，但她卻替我做便當做了整整兩年。
真有精神……
謝謝你兩年來都吃我做的便當。
承蒙招待了。
……謝謝……

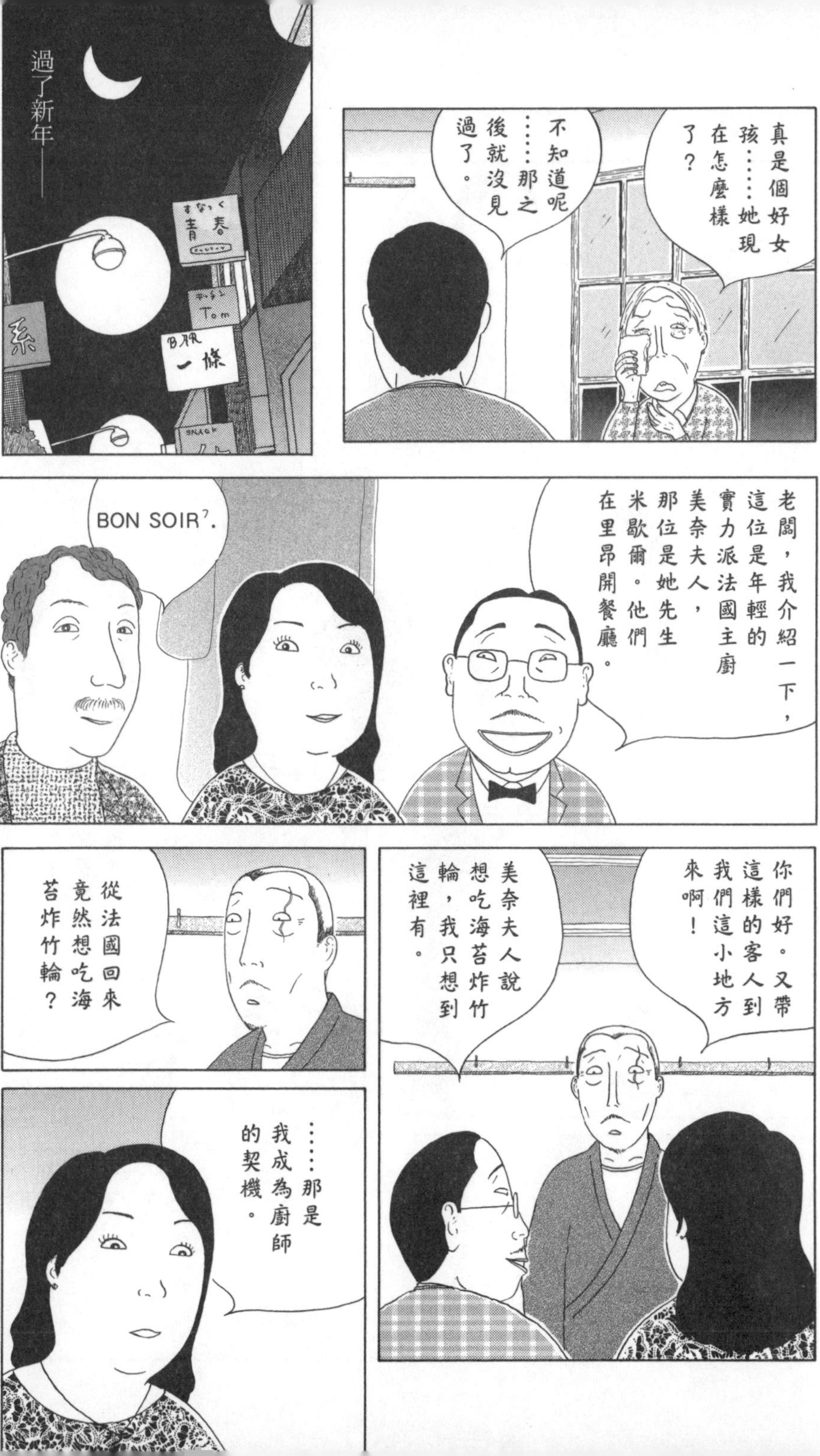
真是個好女孩……她現在怎麼樣了？
不知道呢……那之後就沒見過了。
過了新年——
すなっく
青春
Tom
BAR
一條
SNACK
老闆，我介紹一下，這位是年輕的實力派法國主廚美奈夫人，那位是她先生米歇爾。他們在里昂開餐廳。
BON SOIR[7].
你們好。又帶這樣的客人到我們這小地方來啊！
美奈夫人說想吃海苔炸竹輪，我只想到這裡有。
從法國回來竟然想吃海苔炸竹輪？
……那是我成為廚師的契機。

7. 法文「晚安」的意思。

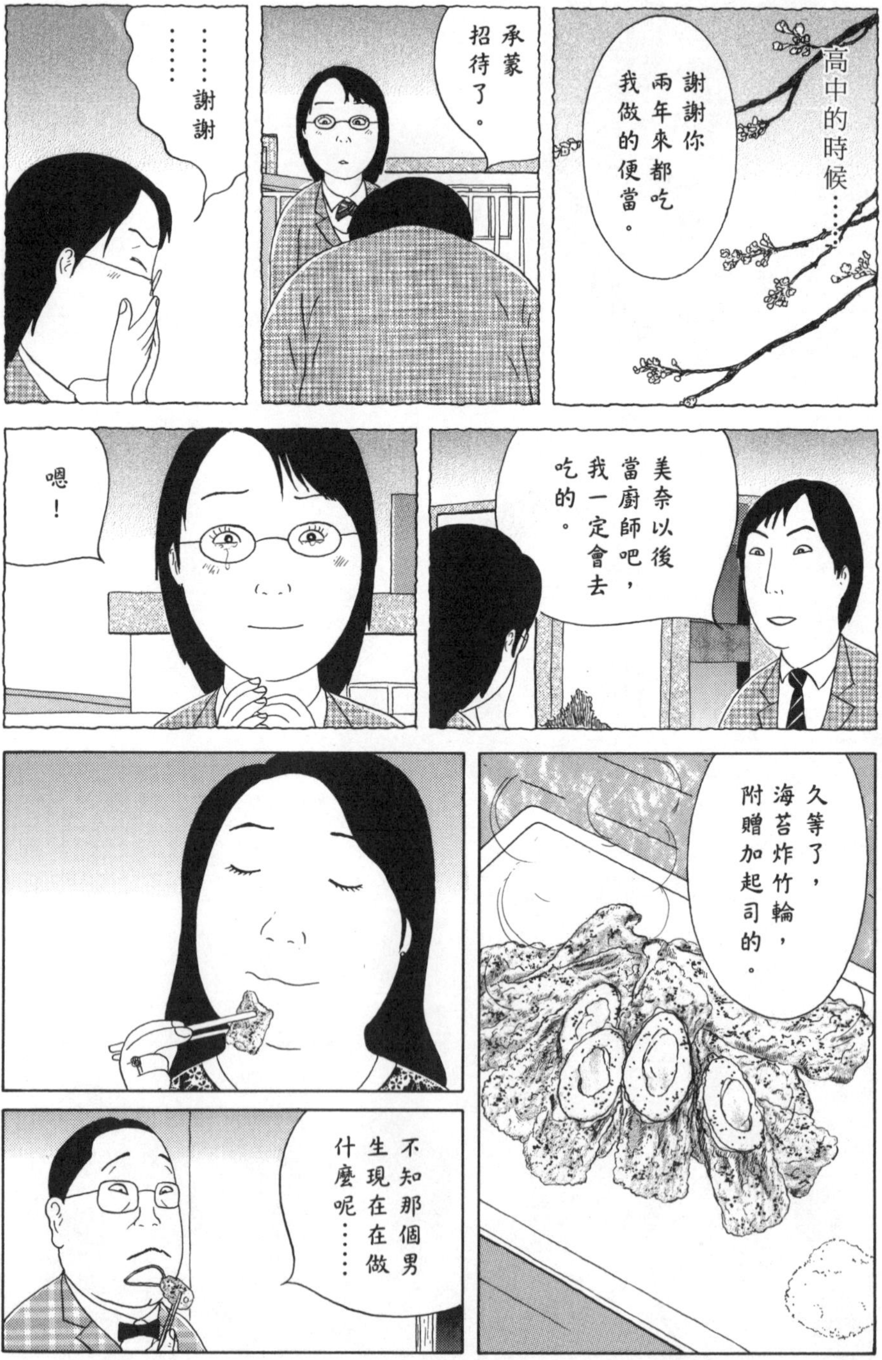

高中的時候……
謝謝你兩年來都吃我做的便當。
承蒙招待了。
……謝謝……
美奈以後當廚師吧，我一定會去吃的。
嗯！
久等了，海苔炸竹輪，附贈加起司的。
不知那個男生現在在做什麼呢……

第85夜◎茶泡飯再登場

梅子小姐美紀、鮭魚小姐香奈、鱈魚子小姐留美，茶泡飯姊妹今天也來吃了。
記得隆子嗎？
什麼記不記得，特地叫我們去看她的超豪華婚禮不是嗎？
丟捧花的時候還特別指明我們，想到就有氣！

隆子離婚了。
咦～～～
老公跟別的女人生了孩子。
真的啊～～～
從沒見過那三個人這麼興高采烈。
我突然胃口大開了。
老闆，鱈魚子再來一碗。
咦……
這邊也要。
……
……

茶泡飯姊妹離開後——
雖然說別人的不幸的確是自己的開心果……
抱著那種態度，是不會幸福的。
兩週後——
めし
めし
鄉下的高中同學跟醫生結婚了。
醫生啊……
自己在那邊得意釣了一個金龜婿，結果老公家暴呢！
咦？
現在在協議離婚。

這樣啊……
真辛苦……
久等了，茶泡飯。
我們開動了！
跟我同期的總務小姐，半年前和比她年輕的大帥哥結婚了。
年輕的大帥哥!?
我只去了續攤，看她那個得意勁呢！
討厭的女人。
真讓人不爽！

後來啊，發現那個帥哥更喜歡男人喔！
什麼，假結婚!?
搞不好是……她完全不知道，看見老公跟男朋友全裸的照片後，在床上躺了三天呢！
真可憐～
嘻嘻嘻。
自己活該呀！
……
……
還是單身好。
就是啊！
話雖如此，三個人卻好像分別都在祕密相親。

下次我也想去！
那不是留美嗎？
咦？
!?
……
對不起，我不是故意要隱瞞，但我們還沒正式開始交往……
沒關係，留美能幸福的話，我們也很高興。

就是啊，我們可是死黨呢！
美紀、香奈……
久等了，茶泡飯。
那個～我也有個在約會的對象……
咦？
咦！
對不起，沒說出來……
妳們倆真是的，其實，我也……
咦，有男朋友？

嗯……小我五歲。
真的!?
今年好像會是個好年，畢竟是本命年嘛！
本命年!?
對了，之前偶然碰到隆子，她也想見見妳們。
離婚後很沮喪吧？
下次我們三個一起安慰她吧！
本命年，不是24歲吧……
過了大約一個月，茶泡飯姊妹帶隆子小姐來了。

隆子要吃什麼？我們都是點茶泡飯。
這裡的老闆，只要點菜都能做喔！
那我也要茶泡飯。能做鹹辣烏賊的嗎？
好久沒吃到了，真好吃～
比想像中有精神，安心了呢！
隆子這麼漂亮，馬上就會有男朋友的。
謝謝……其實我現在在跟辦離婚的律師交往。
咦……
……
……

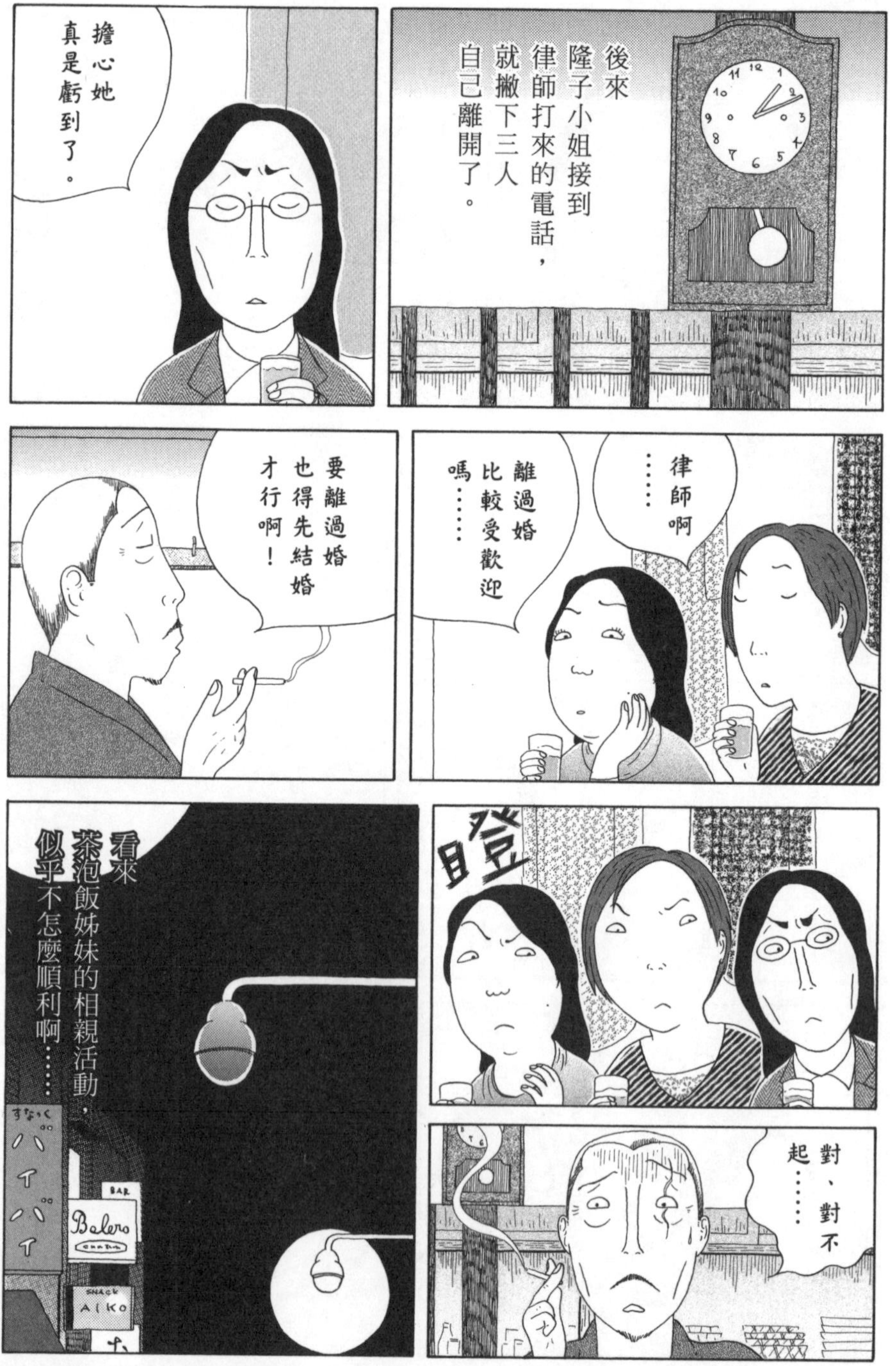
後來隆子小姐接到律師打來的電話，就撇下三人自己離開了。
擔心她真是虧到了。
律師啊……
離過婚比較受歡迎嗎……
要離過婚也得先結婚才行啊！
瞪
對、對不起……
看來茶泡飯姊妹的相親活動，似乎不怎麼順利啊……
すなっく ハイバイ
BAR
Bolero
SNACK
AIKO

清口菜

清口菜◎賓果

不管她老公多喜歡戶外活動，也不能送這個吧！
就是啊，重得要死，我都想砍人了。
……
茶泡飯，久等了。
還記得大學的時候，我們三個人一起去算命嗎？
記得啊！
大家的結果都一樣。
耐心等待……
或許會多花點時間……
但一定能遇到好對象。

到底要等多久啊？
未免也太久了吧！
都要不耐煩啦！
老闆，說到不耐煩，《深夜食堂》第七集，什麼時候要出啊？
應該是夏天吧！
寒冷的冬夜，溫暖的燈光。
シンヤ ショクドウ
深夜食堂
第7集
2012年初夏預定發售
◎定價200元
老闆，會不會太勉強了!?
結果是打書嗎？
等到那時我都老啦！

深夜食堂 YY0306

深夜食堂 6

作者
安倍夜郎（Abe Yaro）

一九六三年二月二日生。曾任廣告導演，二〇〇三年以《山本掏耳店》獲得「小學館新人漫畫大賞」，之後正式在漫畫界出道，成為專職漫畫家。《深夜食堂》在二〇〇六年開始連載，由於作品氣氛濃郁、風格特殊，二度改編成日劇播映，由小林薰擔任男主角，隔年獲得「第55回小學館漫畫賞」及「第39回漫畫家協會賞大賞」。

譯者
丁世佳

以文字轉換糊口二十餘年，英日文譯作散見各大書店。對日本料理大大有愛；一面翻譯《深夜食堂》一面照做老闆的各種拿手菜。

長草部落格：tanzanite.pixnet.net/blog

書籍裝幀　黑木香＋Bay Bridge Studio
版面構成　何曼瑄、陳文德
內頁排版　黃雅藍
手寫字體　鹿夏男
責任編輯　詹修蘋
副總編輯　梁心愉
媒體企劃　鄭偉銘
版權負責　陳柏昌

初版一刷　二〇一二年三月二十六日
初版十二刷　二〇一三年八月二十日
定價　新臺幣二〇〇元

ThinKingDom 新經典文化
發行人　葉美瑤
出版　新經典圖文傳播有限公司
地址　臺北市中正區重慶南路一段五七號一一樓之四
電話　02-2331-1830　傳真　02-2331-1831
讀者服務信箱　thinkingdomtw@gmail.com
部落格　http://blog.roodo.com/thinkingdom

總經銷　高寶書版集團
地址　臺北市內湖區洲子街八八號三樓
電話　02-2799-2788　傳真　02-2799-0909
海外總經銷　時報文化出版企業股份有限公司
地址　桃園縣龜山鄉萬壽路二段三五一號
電話　02-2306-6842　傳真　02-2304-9301

深夜食堂 / 安倍夜郎作 ; 丁世佳譯 . -- 初版 .
-- 臺北市 : 新經典圖文傳播 , 2012.03-
冊 ;　公分
ISBN 978-986-87616-8-1（第 6 冊 : 平裝）
861.57　　100017381